Maldeniña

LORENA SALAZAR MASSO

Maldeniña

RANDOM HOUSE

Título: *Maldeniña*
Primera edición: noviembre, 2023

© 2023, Lorena Salazar Masso

© 2023, de la presente edición en castellano para todo el mundo:
Penguin Random House Grupo Editorial, S. A. S.
Carrera 7 # 75-51, piso 7. Bogotá, Colombia
PBX: (57-1) 743 0700

Diseño de cubierta: Penguin Random House Grupo Editorial
Fotografía de cubierta: © VelhoJunior, Getty Images

Impreso en Colombia-*Printed in Colombia*

ISBN: 978-628-7638-27-3

Compuesto en caracteres Garamond

Impreso por Editorial Nomos, S.A.

Para Andrés, «mi flor total».

Cuando se da a los objetos
la amistad que les corresponde,
no se abre el armario
sin estremecerse un poco.

GASTÓN BACHELARD

No puedo dejar de buscar
ni de asistir
a estos nacimientos deslumbrantes.

MAROSA DI GIORGIO

En un momento dado,
pienso que en un rincón de mí
nacerá una planta.

FELISBERTO HERNÁNDEZ

UNO

Muy temprano suena el teléfono de la habitación. Papá le pide que vaya a la recepción. Allí le da instrucciones: «Quédese aquí». La deja a cargo del Hotel. La recepcionista —tarde, como siempre— la encuentra dormida sobre el escritorio. Bajo la cabeza de la niña: facturas sin pagar, babas, tinta azul.

Y Papá también la deja a cargo a las siete, a las nueve, a las once de la noche y se va quién sabe adónde, y cuando dan las dos de la mañana, las malqueridas aprovechan para pedirle a través de la reja que les abra: ¡Sí, ahí está la muchachita!, murmuran, y luego: ¡Isaaa! Zarandean todo a su paso. Atraviesan el zaguán con los tacones en la mano, la risa cansada, distendidos el cuerpo y las ganas. La ropa pasada a cigarrillo y a jazmín. «Trabajar cansa», dicen nomás entrar. Isa las deja quedarse un rato en la primera habitación, no les cobra. A veces se acuesta con ellas: juntas en la misma cama con los pies levantados contra la pared, hablan del sabor a cartón de la comida de la calle, de cuánto les gustaría tener una habitación con balcón, una cámara instantánea, un telescopio:

mirar de todas las formas posibles. La que queda junto a Isa en la cama le dice: Niiiña, tienes las orejas sucias. Y no se va sin antes limpiárselas bien con un pedazo de papel higiénico, que se enrolla en el meñique. Isa pone la cabeza sobre las piernas de Aurora o de Lourdes o de Liz o de la que le toque de vecina en la cama ese día, y se deja hacer.

Por la tarde le pesan los ojos. Quiere acostarse en el sofá, pero Papá la manda a pagar la energía. Están a punto de cortar el servicio en el Hotel, que Isa preferiría llamar hostal, pensión o residencia. O mejor: dormidero. Pero el Papá insiste en llamarlo Hotel. Mientras él entretiene al trabajador de la empresa de energía con comida —viene de otro pueblo, de hacer otros cortes—, Isa regresa a la habitación, se cambia las sandalias por un par de zuecos y sale con la plata entre la factura.

Mucho frío. Ahí está el sol pero hace frío. Apura el paso, no corre. Y si se cae, ¿quién la va a curar? Papá no querría a una niña rota. Tendría que untarse saliva, otra vez, pero eso no funciona, y menos cuando la tierra se mete entre la herida. Antes corría como loca por las calles con la esperanza de que, al regresar, Papá dijera: «Tan rápida, tan ágil, casi parece un niño». Corría hasta que una tarde se cayó de camino a la farmacia y se le puso la rodilla como un tamal y Papá se quedó sin las pastillas para la garganta que había encargado y por un tiempo largo no le volvió a pedir favores. Él no siempre le pide que haga mandados. Lo hace cuando está de buen genio por un pago que le llegó o porque el Hotel está lleno. Isa se siente importante cuando él le pide algo, cuando le confía la compra de un bombillo, una escoba o un sobre para guardar un documento. Le gusta que la mande a cambiar billetes por monedas. Isa va de negocio en negocio: verdulerías, ferreterías, el minimercado; se cuela entre bultos de arroz y azúcar, le pregunta a la cajera si tiene monedas de doscientos y de quinientos, para cambiar. La cajera le recibe los billetes y le entrega dos o tres bolsas de monedas que no puede contar allí mismo: imposible hacer pilas de diez en diez para luego sumar, con tanto ruido se equivocaría. Aprende a confiar. Cuando no encuentra quién le cambie monedas, se queda un rato en el zaguán; ahí sí hace tiempo antes de contárselo a Papá.

Adentro, en la central de pago, el sol atraviesa el ventanal y cambia el color de los ojos que hacen fila: los cafés parecen ámbar; los verdes, algas marinas o monte; y los negros pues negros se quedan. Una vieja que iba de última —ahora penúltima— voltea, mira a Isa y bosteza lágrimas claritas de sol, murmura: Tan pequeña y ya hace fila. Isa se muerde la lengua. Piensa que la vieja no debería criticar, pues anda con las medias veladas rotas y un vestido que ya está para trapo de cocina. Y seguro allí también hay personas sin bañar, mujeres peludas e infieles, maridos que no saben la fecha de nacimiento de sus hijos: una fila de olores, miedos e intimidades. Al rato se le pasa la rabia, incluso se alegra cuando le toca el turno a la vieja porque detrás va ella, y pocas veces está tan pegada a otros como cuando hace fila. Le toca el turno, Isa estira el cuello frente al cajero, pone la plata y la factura en la ventanilla y mira hacia otro lado; no quiere que le calcule la edad. La mirada del cajero, en los billetes.

Vuelve al Hotel con el sello de pagado y algunas monedas. Papá no da las gracias, pero sí dice: Cuarenta y cinco minutos. Y dice: «Quince minutos», cuando la manda por pan; «Siete minutos», cuando Isa tiene que ir a la tienda del lado por leche o café, y ella todavía no sabe si eso es mucho o poco para él porque pone una cara inexpresiva, como la del cajero de la central de pago, y no le dice que tan rápida, que tan ágil, que casi parece un niño.

El hombre de la empresa de energía termina de comer y se va satisfecho con las pinzas de corte entre el bolso.

El Hotel es una casa en la que se entra atravesando un zaguán que termina en la recepción y luego da paso a un patio interno rodeado de habitaciones y plantas y un sofá. Después del patio, una sala grande que funciona como restaurante; más allá, la cocina y un corredor que lleva a otras habitaciones. De última, la habitación de Papá. En la habitación, Isa tira los zuecos al rincón y se acuesta en la cama en la que duerme junto a Papá. Afuera: *Ya me canso de llorar y no amanece / Ya no sé si maldecirte o por ti rezar…* ¿Cuántas veces ha sonado esa canción hoy?, piensa de cara a la pared: una vieja a la que no le caben más arrugas y está pronta a descascararse. Una pared blanca, de bahareque, como todas las del pueblo. Y qué pocas cosas cuelgan de ella: un televisor pequeño, un espejo. No más. Es que ni siquiera un almanaque vencido. Bueno, la habitación tiene un ventanuco por el que entra el naranja rosa del atardecer. Visto así, Isa tiene un cuadro diferente a cada hora: a veces azul, a veces rosa-naranja, y a la noche, negrísimo negro.

Pero ella quiere poner clavos, cambiar las cosas de lugar, colgar el bolso del colegio, dejar un espacio para cuando se gane una medalla, aunque sabe que nunca gana nada. Quiere hacerse un espacio en las paredes, pero cree imposible que Papá le deje poner algo. Estira la mano desde la cama, saca un collar de la mesa tocador sobre la que siempre hay perfume de hombre, crema de afeitar de hombre, talco de hombre y, en los cajones, entre cables enredados y controles sin baterías, collares de Isa, anillos de plástico y lápices de colores. Se pone el collar y entra al baño.

A veces se encierra a lavar la ropa interior en el lavamanos, se encierra y se sienta en un cojín recostada contra la puerta, y duerme. Otras veces recorta personas de revistas y las pega en las paredes. Papá no le dice nada; para él, el baño es como un aeropuerto: vas de paso. Entra cuando ella se está bañando, orina sin chispear la taza, se aclara la garganta y sale después de lavarse las manos.

Isa se baña con la luz apagada: a oscuras y sin ropa no siente el hueco que le ha empezado a crecer en la barriga. Allí dentro, como no ve nada, podría ser una pájara o una nube o el agua misma que se evapora y hace que las personas y las montañas y los soles pegados a la pared se caigan o se borren entonces tiene que reemplazarlos por otros. Se tarda mucho en el baño.

El agua de la ducha corre con Isa al lado, se moja las manos y los pies, y a veces un poco el resto del cuerpo. Cuelga en la puerta de la ducha la ropa que había lavado antes. Sale envuelta en la toalla, tiritando. *Pero mis ojos se mueren sin mirar tus ojos / y mi cariño con la aurora te vuelve a esperar…* El sábado ponen la música más fuerte: *Ya agarraste por tu cuenta las parrandas…* Y la gente se queda en la cantina hasta más de las doce de la noche. La arrullan las historias de las canciones que dan vueltas toda la noche: *Paloma negra, paloma negra, dónde, dónde andarás…* Cuando una canción suena más de una vez, sabe quién la pidió: tanto tibiar silla en la cantina, tanto mirar la hizo conocedora de borrachos y viejos aciagos que manosean letras de canciones y a las muchachas hasta dejarlas borrosas. Se recuesta en la cama, del lado de Papá, con la cabeza todavía mojada. Juega con los dedos de los pies. Desespera. Isa siente aversión por las tardes, cuando todo quema. Prefiere las mañanas y el final del día, el atardecer, que es una mañana al revés: frescura quemada. Eso piensa sobre la cama, aún sin vestirse, hasta que oye los pasos de Papá, sus botas. Isa se amarra bien la toalla, agarra una revista vieja y se sienta en el sofá. Él entra, saca algo pequeño de un cajón del tocador y sale de nuevo. Ni la mira. Ignora a Isa, a esa hija suya.

*

Los días que se escapa del colegio, como hoy, antes que ir a la habitación, prefiere ayudarle a Bere con el almuerzo, aunque ella no se lo pida. Entra a la cocina, Isa entra a la cocina y agarra la canasta de papas, agarra un cuchillo y se sienta en una banca larga recostada en la pared. Qué grande se siente con el cuchillo en la mano, se mira en él como si fuera un espejo, luego Bere se lo cambia por un pelapapas. Frente a la banca, una mesa pequeña sobre la que pone una vasija con agua tibia y la canasta. A su ritmo, agarra una papa y le pasa el pelador de arriba abajo, como si la peinara: un, dos, tres, cuatro, pero en vez de peinarla está desnudándola, como hace con ella misma cuando se encierra en el baño, tan vulnerables la papa y ella. La acuna en la mano izquierda: la papa más grande que la mano, pero la mano más viva que la papa. Un, dos, tres, cuatro, suspira aburrida: con el pelador no hay riesgo de cortarse. La gira de a poco, entierra el pelador lo justo para que, con el movimiento y la presión, quede solo la carne redonda. Descansa. Papa y pelador sobre la mesa. Se desabotona la falda porque de verdad la barriga no le aguanta más. Naturalmente, la ropa empieza a quedarle pequeña, pero en el

Hotel nadie se pregunta por eso, hay mucho quehacer: sopas por calar, camas destendidas y huéspedes de una sola noche que obligan a cambiar unas sábanas casi limpias, algunas sin sueños ni babas. Agarra la papa que dejó encima de la cama de cáscaras y sigue. Un, dos, tres, cuatro, le saca un ojo a la papa con la punta del pelador. El secreto está en sentarse tan cómoda y tan rica como si se fuera a comer la papa, o a escribir encima de ella. Un, dos, tres, cuatro, ¿qué diferencia hay entre pelar una papa y escribir una carta? Ambas son un despojo. Querida papa: hoy nos hicieron un examen de historia y como no había estudiado, le hice una carta a mi Papá. Querido Papá: la próxima semana entregan el boletín de calificaciones y no quiero que vaya mi tía José; hará que me pregunten quién es ella, por qué lleva vestidos tan cortos con este frío. Tú no irás porque hay mucho quehacer, porque desde hace un tiempo pareces otro huésped del Hotel. Iré yo. Niña, las papas, apura Bere. Isa le da una vuelta a la última, la remoja un poco y la deja junto a las otras ya peladas, como manos desnudas. Isa le dice que la deje estar más cerca del fogón, revolver el arroz o hervir la leche. Bere responde que necesita ayuda, y mucha, pero que dos manos metidas en la misma olla matan la sazón. Pica las papas en cuadritos y las echa en una olla grande que ocupa dos hornillas del fogón. Esa olla. Nunca hay tantos huéspedes. Si la usa es porque Bere, Gil y la recepcionista se cobran horas extras con comida; parecen rotos. Isa se queda mirándolos desde la puerta de la cocina y ellos mirándola a ella junto a la olla dominguera, cuchara en mano, pero nadie dice nada. Isa sabe que Papá es tacaño, les roba a sus empleados; aun así, le da rabia verlos comer alrededor de la olla. Bere sigue con el canturreo de que mejor sería que la niña ayude a lavar los trastos. Y ella: que no, que odia el jabón de platos, preferiría el fogón o amasar maíz, y no entiende qué más se le puede matar al sabor insípido y aguachento de la comida del Hotel.

Las lentejas son comida triste, dice Isa más tarde, al darse cuenta de que peló papas para una sopa de lentejas. Caprichosa, da media vuelta, no sin escuchar el grito de Bere: Quédate y come, niña, o te vas a desaparecer, algún mal seguro ya tienes. El regaño la atrae. Deja el morral en una silla y se sienta con desdén junto a la tía José, hermana de Papá, que últimamente se la pasa en el restaurante. Isa, en silencio, espera su plato mientras José apura el de ella sin importar lo caliente que está. Dice que, cuando come por fuera, se asegura de quedar bien llena porque en casa no cocina; puede pasar semanas comiendo pan con huevo o pan con queso o pan con pastillas de chocolate. Lo dice con orgullo, como si a fin de año le fueran a dar un premio por ello. Cuando Bere la regaña —no se fija en edades para regañar—, José se pone sentimental y cuenta que come mal desde que el marido la dejó; él llevaba la comida, cocinaba y lavaba los platos. Ahora, cuando tiene hambre —hambre de sal—, come en el Hotel, pero no es por lo único que viene. También vengo por la niña sola, Isa, por ti vengo. Bere le lleva el plato hirviendo, apenas para el frío que baja de las montañas: Come, niña, le dice, y vuelve a la cocina. Cuando Isa agarra la cuchara, José dice bajito: Sopla, sopla bien, miniña, y se levanta y camina hacia la recepción. Todos le dan órdenes y luego se van. No le gusta que le diga «miniña», cosa que hace desde que come en el Hotel, como si hubiera comprado ese «mi» en una tienda de regalos. Miniña. Ella no es de nadie, ni de ella misma, solo de Papá. Aunque él nunca la haya llamado así, ni tampoco le haya dicho que ojalá le vaya bien en el colegio o que se cuide o que qué le pasó en las piernas, que las tiene en cascarita. Tampoco ha escuchado que le diga a alguien: «Esa es la hija mía». Isa recuerda que una vez, cuando era más pequeña, Papá tuvo que llevarla al médico del pueblo vecino: una mañana le salieron unas ronchas rojas en la cara, en el cuerpo, y no podía respirar. Papá se dio cuenta por el ruido que la niña hacía al rascarse; lo irritaba. Vio las ronchas, de sobra evidentes, y como las señoras —José y Bere— estaban ocupadas, tuvo él que hacerse cargo. Antes de salir hacia el hospital, bien le dijo: No me llames «Papá», llámame «tío». Y cuando la enfermera le iba a aplicar la inyección y a la niña estaba a punto de explotarle esa palabra en la boca, apretó los labios para que la pe no saliera, porque luego saldrían las demás como un camión sin frenos. Él al lado. Y la enfermera: «Te entiendo, las agujas asustan». Pero no, a Isa no le importaba la aguja, la podía chuzar cien veces; la asustaba la palabra filosa que ahora en público le estaba prohibida. No me llames «Papá», llámame «tío». De ahí en más, Isa prefirió no llamarlo de ninguna manera fuera del Hotel. Aunque poco salen juntos, cuando hay personas desconocidas cerca, huéspedes, ella se guarda la palabra y parece que le hablara al cielo o a un fantasma. Mira a la pared o al techo y dice: Es que necesito pinturas de colores para el colegio. Pero cuando no hay nadie y puede decirle «Papá», siente que la palabra le pesa, que ya no es del todo suya. A perder se empieza, también, desde la palabra.

Aunque detesta las lentejas, para Isa el problema son las ollas, que no son de casa, sino de Hotel: muy grandes, el sabor no les cala. Pollo, puré de papa, sopa de fideos o lentejas, todo sabe igual, a niña sola. No como las pocas veces que ha hecho tareas por fuera, en casa de alguna compañera, y la comida sabe a familia, salada muchas veces, pero a familia.

Sentada todavía en el restaurante del Hotel, Isa se imagina que en cada mesa hay hermanos suyos: niñas, niños; y ella, la mayor. Todos comen lentejas, todos las odian, pero no quieren desaparecer. Con la boca llena, se pelean por el turno del compu, deciden quién jugará con el balón y quién con el hula-hula. Son tantos niños que tienen que hacer las lentejas en una olla más grandísima que la dominguera, y para que rinda le echan más papa que grano. Comen, ríen, todos paridos por la misma barriga. Una nube tapa el sol, que ya no sale más, y el frío se le mete a Isa bajo la falda. Se da cuenta de que, en vez de hermanos, las mesas con manteles rojos y servilleteros de plástico están ocupadas por vendedores de galletas, de máquinas de afeitar, gestores bancarios y algún policía. Come, niña, o te vas a desaparecer; ja, ojalá fuera tan fácil desaparecer, piensa ella, que termina de comer y se levanta de la mesa. José va tras ella, la invita a la calle, le promete un globo, un algodón de azúcar.

—Ay, José —dice Isa con vergüenza, con pereza.

¿Es que su tía no sabe cuántos años tiene? Imposible ocultar las costuras del desespero. Antes, Isa era una bruma pequeña que daba vueltas por el Hotel. Pero últimamente esa bruma ha tomado cuerpo, cuerpo de «miniña». La quiere, ¿la quiere? Isa acelera el paso, fácil la deja atrás, metida en esos zapatos de plataforma que últimamente usa para verse más alta, para alejarse del suelo donde estuvo llorando por semanas. Otro cambio fue pintarse el pelo: ahora rojo, rojo tía. Cuando José llega a la puerta de la habitación, la encuentra cerrada.

En la cama duerme Papá, ronca Papá desde el centro de la barriga, esa parte del cuerpo que Isa no entiende. No es que sea gordo, pero cuando duerme se infla como si dentro guardara un sapo con familia. Se quita los zapatos del uniforme y los pone bajo la cama. Cuelga la jardinera en el clóset, una puerta pequeña justo al lado del baño que, así como el Hotel, tampoco merece el nombre de clóset. La blusa blanca y las medias, a la canasta de ropa sucia. No encuentra el pantalón de pijama, se pone una camiseta grande y se acuesta junto a Papá. Le da la espalda. Mira a través del espejo ese cuerpo señor: un Papá afilado de pelos blancos. La primera cana se la arrancó ella la única vez que la cargó. La niña, extrañada de que su cabeza estuviera junto a la de Papá, se irguió un poco, le arrancó un pelo y se lo comió; eso recuerda. Papá la dejó caer en la cama, llamó a Bere y salió de la habitación. De ahí en más lo miraba desde abajo y lo perseguía para ver cómo se lavaba la cara, se echaba alcohol de lavanda en las manos, se daba golpecitos en los cachetes y salía. Isa quedaba sin saber por qué Papá se golpeaba todos los días frente al espejo: ¿quizás ella había hecho algo mal?, ¿daba muchas vueltas por la noche?, ¿hablaba dormida? Isa sigue de espaldas, se echa un poco para atrás y toca la espalda de Papá. Ahora, vistos desde arriba, parecen una mariposa que tiene un ala madura y otra pequeña que ha crecido a destiempo. El ala Isa se estira y se encoge sobre la sábana, espera la respuesta del ala Papá, que duerme y duerme y duerme un rato más. Ella se rinde y duerme también.

Cuando despierta, él ya no está. Isa deja su lado, el lado de la sábana que se gasta primero, y se acuesta encima de la ausencia de Papá.

*

Una mañana fría se despierta, pero no abre los ojos, ¿y si Papá —otra vez— no la pasó del sofá a la cama? Algunas noches prende la tele y se sienta en el sofá, pero pronto le gana el sueño, como a todo niño que espera. Anoche Isa tembló, sudó y tuvo escalofríos. También pesadillas. Nadie sabrá de esa fiebre. Sigue en el sofá, con los zapatos puestos, la ropa puesta y un collar puesto. Isa llora; tiene la sensación de que hubo una tragedia, la erupción de un volcán, la muerte de un niño o un vendaval, y todos se han ido del pueblo, hasta las ratas. El silencio después del estruendo, lleno de ecos y preguntas: ¿por qué no me despertaron? Isa llora y se canta lalalás, se dice que está bien, que pronto vendrán por ella, Papá ya viene. Afuera pasa un camión. ¿Y si creen que ella salió primero, que escapó y está a salvo? No, no es que no la quieran; es que confían en ella porque parece mayor, niña grande.

Abre los ojos: no hay tragedia. El cuadro de la ventana todavía oscuro. Papá duerme en la cama y a ella todavía la carga el sofá. Escucha los pájaros que traen el amanecer entre el pico y lo dejan primero sobre la cantina que queda junto al Hotel; eso dice Vargas, el dueño y amigo de Isa, que también le ha contado que minutos antes del amanecer es la hora azul de Reinette y Mirabelle, el momento de oración de los angustiados, cuando los animales duermen, las caléndulas duermen y el diablo, que ha regresado después de una noche de baile, también duerme. Vargas se siente el dueño de esa hora, piensa Isa cuando lo escucha hablar.

Una de las madrugadas en las que Papá no llegó, después de despedir a las malqueridas que agarraron carretera, Isa escuchó a Vargas abrir la cantina. Eran casi las seis. Salió y vio la reja abierta hasta la mitad. Además del portón, el local tiene un ventanal que se roba un trozo de calle, o es la calle que, harta de lo cotidiano, se cuela en la cantina en búsqueda de historias. La gente termina allí metida sin darse cuenta. Las cantinas arrastran borrachos profesionales y aficionados, madres primerizas y beatas, viejos calvos y niños, sobre todo niños. En las cantinas se crían los niños que suman manzanas, peras y cantan a José Alfredo. Se aprenden las tablas y los cancioneros. Esas historias son los primeros cuentos de los pequeños que esquivan botellas y saborean cubitos de azúcar en demasía, niños borrachos de azúcar que poco saben de Peter Pan, mucho menos de Nuestra Señora de París. Isa caminó hasta la reja y se asomó: adentro, Vargas lavaba pocillos, apilaba en una caja las botellas vacías de la noche anterior, los vasos quebrados los envolvía en papel periódico antes de tirarlos. Cuando agarró la escoba, las cosquillas que se sienten cuando alguien te espía le llegaron a Vargas por la espalda, o eso pareció, porque se volteó asustado:

—Niña, ¿qué hace despierta a esta hora?

—Se acaban de ir las muchachas.

—¿Y no durmió nada?

—Dormimos todas juntas como media hora.

Vargas sacó de la vitrina, en la que guarda cerveza, sodas y agua, una cajita de leche de fresa y se la ofreció. Isa empezó a tomar en silencio. La mañana tan niña aún;

por el color del cielo, Isa pensó que las amapolas y la cantina abrían a la misma hora, pero que los ojos de los niños que sí iban a estudiar, todavía no. Ella no pensaba aparecerse por la escuela; le gustaba el pueblo a esa hora, mirar cómo alguien extendía el día sobre una mesa como si fuera un juego. Vargas agarró de nuevo la escoba, le contó que los grumos de tierra en el suelo los habían dejado las botas de un grupo de trabajadores que celebraban algo, pero no contaron qué. Eso sí, zapatearon hasta que dejaron las botas limpias. Uno de ellos contó que de joven había estudiado en una academia de baile en la ciudad y nos hizo repetir a todo taco la *Balada para un loco*, como diez veces, imagínese: *Ya sé que estoy piantao, piantao, piantao, no ves que va la luna rodando por Callao*, pero solo movía una mano, daba un pisotón con cada «piantao» y después arrastraba un pie de un lado a otro. Vargas intentaba imitarlo con la escoba en la mano mientras Isa sorbía leche de fresa: recostada en la puerta, bajo la reja, alternaba el peso del cuerpo: primero en una pierna, luego en la otra. Después del baile, Vargas dividió el suelo de la cantina como si estuviera peinando a una niña: hizo montoncitos de polvo y basura que recogió de un pasón.

—Todos los días es lo mismo —dijo—. Lo único que cambia es la cantidad de basura y de vasos quebrados, a veces más, a veces menos.

Pasó junto a Isa y salió de la cantina a barrer la acera. Ella nomás dio media vuelta sobre los pies mientras pensaba que a Vargas le gustaba hablar con todo el mundo: borrachos, locos, locas, malqueridas, hombres con pistolas, muchachas tranquilas y viejos vomitados. Y niñas. Por eso es cantinero, dijo entre dientes. Y Vargas: ¿Qué? Y ella: No, nada.

Afuera, lo mismo: con la escoba desaparecía los restos del día anterior, mientras hablaba.

—Y el piantao no fue el único. Después un borracho se tomó la entrada de la cantina, justo ahí donde usted está, y nos mareó con un discurso.

Vargas se aclaró la garganta, cogió la escoba de micrófono y empezó:

Cargo con esta pierna, que más parece un recuerdo. Dos años hace que está tiesa, dos años hace que no suena. La arrastro cada mañana por café y tostadas. Perdón, me presento: yo canto. Cantaba los jueves a las diez en el bailadero miserable de don Rogelio. Eh, la la la canción iba así:

Adiós, mujer consentida
Se despide tu rebelde
A ti te debo en la vida
Estar sentenciado a muerte.

Eso entonaba mi pierna. Y no, no era a mí que querían; querían la voz y la pierna zapateando el tablado. Pero me pateó una mula y me dañó la pierna. Ya no entona: se arrastra y se estanca.

Por eso, mientras yo viva
Mi suerte será tu suerte
Adiós, mujer consentida.

Isa se reía con el pitillo en la boca. Antes había escuchado al borracho en vivo y la verdad era que daba entre pena y risa. Más pinta de cantante y de matón tenía ella. Vargas dijo que ese borracho, amargo cantador, y además cojo, se pasaba siempre por la cantina cuando le entraban los delirios de cantante, pero que él lo conocía porque le herraba los caballos antes de hacerse cantinero. Lo escuchó por primera vez una tarde: mientras él erraba en caliente, el borracho revisaba que las bestias no se hubieran enterrado astillas en las patas y cantaba *Adiós, mujer consentida*… Los borrachos leales siempre andan colgados de la misma canción, dijo. Terminó de subir la reja y entró con la basura en el recogedor. Isa, ya sentada adentro, junto a la puerta, lo vio hacer el café, poner música y saludar a los primeros en llegar: los hombres tristes, camioneros cansados, dos con la mula varada que pasaron la noche en vela y buscaban café. Así, con los tristes ya en la cantina, nació el día para el resto del pueblo.

Papá todavía duerme en la cama. Ella se para del sofá resuelta: hoy tampoco irá al colegio, hay mucho quehacer aquí; además, a Papá no le importa, dice que mejor, «un gasto menos». Desde temprano, Isa se dedica a cambiar las cosas de lugar: baja los cuadros del corredor que da a la habitación de Papá y los trastoca. Son baratos, de atardeceres, manchitas de flores y montañas, hechos por impresionistas de carretera. Bocas en la pared que hablan de un lugar sin viejos, sin niños pequeños, sin recuerdos de hace quince años. En el Hotel, solo una foto de la familia que antes vivía allí y que Isa encontró husmeando en cajones, foto que hoy cuelga de la pared del baño: un niño y un viejo, el abuelo, supone. El niño monta bici en un parque y el abuelo lo agarra del sillín para que no se caiga. Ambos miran al suelo. Isa se pregunta quién necesita más ayuda para avanzar con equilibrio: si el niño, que apenas comienza a habitar el afuera, o el abuelo, que lleva rato adentro, tanto que ya pudo haberse gastado todos sus pasos. Abuelo y niño, una familia que Isa, encerrada en el baño, adivina e inventa historias que también quisiera para ella. Fue Papá quien quemó esos recuerdos ajenos cuando compró la casa, viejo hogar de una familia a la que envenenaron una noche. Su historia, como pasada por agua, se redujo a la mención de «los que murieron dormidos». Dicen por ahí que el abuelo tenía por costumbre, o deuda moral, recibir a quien pasara por el pueblo y no tuviera donde quedarse. Dicen que un mal peregrino se aprovechó de eso y, vaya a saber por qué, los mandó a dormir. Después de la matanza, la casa pasó varios años abandonada, hasta que Papá llegó al pueblo, la compró por un quinto de lo que valía y la convirtió en Hotel, no por honor a la familia, sino por negocio. No le importaron la historia de la casa ni los humores escondidos; el lugar tenía lo necesario para ser un Hotel: era cuestión de reforzar la cocina y acomodar en un salón el restaurante.

El comején hizo lo suyo en los marcos de los cuadros; Isa anda sin zapatos, pisa caca de termitas, pero tan concentrada está que no siente el menor fastidio. En la recepción suena el teléfono. Suena y suena: la recepcionista faltó de nuevo. Cuando aparezca, dirá —otra vez— que qué pena, que lo siente mucho; ella misma se regaña antes de que alguien le diga algo: «Está muy mal, muy mal. Si yo vivo a seis casas de aquí, no hay explicación». Y es verdad, nunca inventa nada. A lo mejor tiene claro que en esta rayita de pueblo las excusas se agotan pronto. Además, las pocas palabras que lleva al Hotel se las gasta disculpándose. No le queda ninguna para hablar con nadie, mucho menos para mentir. El teléfono sigue sonando. Entonces Isa contesta fingiendo voz de grande:

—¿A la orden?

—Aló, aló, ¿Isa está? —pregunta al otro lado José.

—No está.

—¿Aló? ¿Dónde está? Se oye cortado.

—Trabajando.

—¿Estudiando?

—Trabajando.

—¿Trabajando en qué? ¿Aló? Una niña no trabaja.

—Entonces cazando luciérnagas.

—¿A las once de la mañana?

—¿Aló? ¿Aló? Tiene razón, se oye cortado. Llame mañana.

Isa cuelga y desconecta el teléfono, por si acaso.

Después de los cuadros, cambia de lugar las plantas del patio central: donde estaba el dólar pone una lengua de suegra, cambia el pino por un anturio, un jazmín por una cinta; mueve todo, menos los helechos: pájaros que no cantan, coronas de silencio que las malqueridas se enredan en el pelo las noches que visitan a Isa.

Sea por la niebla que baja de las montañas y se cuela por el patio descubierto o por lo que pasó con la familia de la foto, el Hotel es frío, crudo, y por fuera lo cercan el musgo y la humedad. Isa mueve un sofá que estaba recostado en la pared, entre dos habitaciones, y lo deja en el centro, bajo el cielo. Sacude los cojines y se sienta entre ellos mirando la reja que da al zaguán. La puerta abierta le deja ver a una niña pequeña que la mira desde hace rato y que decide colarse con sus ojos grandes y grises y golpear a Isa con un cojín. Lo hace hasta que le tiemblan las manos. Isa se queda quieta como una santa; es muy pequeña esa niña como para seguirle el juego, qué vergüenza. La niña se gasta la risa que traía, deja el cojín en el suelo y se va. Más tarde pasa un hombre y pregunta si alguien quiere comprar galletas de mantequilla. Pero quien se queda más tiempo mirándola es una señora que, por la hora, podría venir de misa. La ve remover, de una repisa del zaguán, objetos que a nadie le interesaría robar. Los acaricia y los pone en el suelo:

dos bailarinas de porcelana, dos cofres vacíos, un florero vacío, un portarretrato con la foto de una calle en blanco y negro, un salero. El lugar de las cosas, el espacio que ocupan y el misterio que trae su relación con las personas; tanto orden da frío, le ha dicho Isa a Bere cuando la riñe por removerlo todo, y ella responde que faltaba más, que ahora su trabajo es hacer que a la niña se le enfríe el pellejo, que mejor busque algo que hacer, algo de verdad. Pero Isa se rancha: ¿No te parece que las cosas bien puestas no hablan, sino que estorban? Y Bere: Las cosas no hablan, ni al derecho ni al revés, niña. Entonces Isa le suelta que, para ella, cuando el sofá está despelucado uno se puede inventar historias como que una señora se desmayó y la tuvieron que acostar ahí para revivirla, o que una gata tuvo ocho gatitos encima o que entraron siete locos y como no tenían plata para pagar la noche durmieron arrumados en el sofá. Ante semejantes argumentos, Bere suelta un suspiro y le dice que, cuando las cosas se callen, las deje en su lugar, para que luego Papá no diga que el Hotel se ve desordenado. Pero si Papá casi nunca está, dice Isa. Y quisiera haber dicho más: que desordenar el Hotel le da una sensación de compañía, que cuando Gil o ella limpian y dejan el lugar como una vitrina, ella se siente helada y sola.

Los ceniceros los deja en la alacena. Guarda los mazos de cartas en un cajón, junto a los palillos de dientes y las servilletas de tela. Qué ruidoso está el hotel sin Papá, que no se da cuenta de que Isa lo mueve todo y deja entrar a cualquiera porque sabe que allí nadie robaría nada. Tampoco se ha dado cuenta de que Bere ha empezado a llevar mesitas, sillas, jarrones que le sobran o que encuentra en la calle y restaura. Cuando Gil, el ayudante de limpieza de Bere, le preguntó para qué tanto trasto nuevo, Isa la escuchó gritar como si tuviera mucho calor por dentro: «¡No ves que esto anda muy solo! Algo hay que hacer para atraer clientes». Gil respondió que en vez de arreglitos pendejos podían regar vidrios y clavos torcidos en la carretera para que las llantas de los carros se pincharan y a la gente le tocara pasar la noche en el Hotel. A Isa le pareció buena idea, ella misma podría romper las botellas, pero Bere se fue para el patio de atrás, ofuscada.

Después de mover y remover, vuelve a la habitación, se acuesta un rato en la cama y se queda dormida.

Por la tarde, Isa se encuentra a Bere en el patio. Acaba de llegar del mercadillo: los dedos rojos de cargar bolsas. Vuelve con el mismo runrún de la mañana: Si me descuido, un día de estos me dejas en la lechería y te traes una vaca. Y al pobre de Gil lo llevas a la cantina y lo cambias por un borracho o por Vargas. Isa levanta los hombros, dice: ¿Qué más hago, en qué ayudo? Déjame pensar, responde Bere andando a la cocina. Isa la sigue. Allí, le pide que plante un par de coles niñas en la era de atrás, donde solo tienen cebolla larga; no le gusta enredarse con zanahorias ni tomates, todo eso lo venden afuera. En cambio, la cebolla no da trabajo, casi se cuida sola, como Isa.

¿Sabes cómo se hace?, le pregunta mientras saca tomates de una canasta. No, responde Isa sentada en la banca de la cocina, la espalda pegada a la pared fría. Yo prefiero sembrar en lo plano, sin surcos. Así lo hacían mi abuela, mi mamá, y quién soy yo para contradecirlas, dice Bere mientras pica tomates, lava ollas y pica tomates. Pone a hervir la leche, habla y pica tomates: Echas el compost, entierras la raíz y lo riegas bien, pero sin desperdiciar. Deja medio metro de distancia entre las dos coles. Eso por hoy, luego tendrás que regarlas y vigilar que no se las coman las mariposas o las palomas. Cuando dice «palomas» parte una cebolla blanca en dos. Entonces Isa agarra las coles y sale de la cocina antes de que la cebolla se le meta por los ojos.

En la era caben muy amplias las dos plantas de col. Isa sigue las instrucciones de Bere, pero queda un espacio a la derecha, en una esquinita. Sin decirle a Bere, corre al mercadillo por otra más, que siembra con tanta dedicación que la tierra se le quedará varios días entre las uñas. Con la última col se completa la era: cuadrada, húmeda, verde. Al terminar, sale del Hotel y se sienta en la acera.

*

Visto desde arriba, el pueblo no puede nombrarse huérfano del abrazo de las montañas. Una vereda larga, un camino, y en los caminos nadie se queda por elección. Al menos nadie vivo. Desde la acera, bajo un sol mermado por las nubes, Isa escucha los carros y camiones que pasan por la calle de arriba —la carretera— y piensa en los que paran allí: los que anhelan otro lugar y juran que este pueblo es un moridero. ¿Ella también? De tanto escuchar en la calle y en la cantina que «aquí no pasa nada», ¿quisiera, algún día, subir a un bus y no volver? En este pueblo epífito de una carretera que lleva, después de muchas horas, a la gran ciudad, también paran por necesidad: un pueblo para entrar al baño. Un lugar que nadie fundó: recuerda haber visto en alguna clase la historia de otros países, pero del pueblo nada. A lo mejor porque no es más que dos hileras de casas como dientes torcidos en la boca de un loco, un pueblo querido a ratos, que no existe en el mapa. O peor: al que tratan como una isla.

Cómo querrán los pueblos de carretera a quienes deciden quedarse, y cómo llorarán la partida de los viejos a los que llevan entre un cajón al pueblo vecino porque aquí no hay cementerio ni funeraria, como mucho una capilla —con seis bancas y un atril— que llaman iglesia, como si el nombre agrandara lo que la plata no pudo. Isa sabe que una iglesia es mucho más grande, con más sillas, cercada por santos y vírgenes, custodiada por ángeles que sudan agua bendita. Lo ha visto en la tele. Pero la iglesia del pueblo, que no alcanza a ver desde la acera, es un lugar frío al que José la llevaba cuando era más pequeña, cuando el marido todavía no la había dejado y no se había cambiado el color del pelo. Isa recibía los saludos de señoras con cara de «nosotras sabemos que no eres su hija, no te hagas» y les hacía una mueca resignada.

El viento se lleva el agua que estaba a punto de caer. Isa agarra una piedra que termina en pico y dibuja sobre la calle destapada: hace un cuadrado y arriba un triángulo. Un huésped sale del Hotel con un morral al hombro. Ella lo ve alejarse, subir a la carretera. Nadie más cruza a esa hora; la gente huele —presiente— la lluvia y a los muertos. Aquí no es que se muera mucha gente; los vivos se aferran: Yo soy de aquí. Sí, mi mamá también. ¿Papá? No sé, no tengo de eso. Sí, el pueblo es mi casa. Yo tengo una cama fija, pero a veces me canso de dormir ahí, por eso ando con la cobija. Ojalá me pudiera cargar la cama o ponerle unas ruedas y acostarme aquí o allá. Todo esto es mi casa. Sí, yo soy de aquí.

Y la niña también ha escuchado que dicen con ímpetu: ¡Yo nací aquí! Como alcachofas que brotaran de la tierra milagros ocurridos en el patio, en la habitación de atrás, a la espera de que los murmuren en las esquinas o afuera de la iglesia.

Aquí no es que se muera mucha gente, hay poco que contar, pero en alguna de las casas o en una cafetería, ahí en la acera donde está Isa o incluso adentro, las sillas están acomodadas de cara a la calle como rindiendo culto a la gran carretera. La muchacha, el motociclista, el perro; todos morirán al cruzar el marco de la puerta de la última casa. Del pueblo no les quedará ni un recuerdo: no hay un pan especial, no venden dulces melosos, no hay una cascada. Hay un asadero de pollos, algunos locales de comida amarillentos y baños limpios. Los turistas de otra parte se irán como el huésped que acaba de salir del Hotel y al que la niña no verá nunca más. Pasarán como pasó aquel hombre que durante un tiempo entraba a la cafetería de don Tulio y quería ocultar que llevaba puesta la misma ropa del día anterior. Se justificaba: Es mi uniforme. Y lanzaba una mirada que nadie le devolvía, excepto Isa, que lo escuchaba con atención, que lo miraba, no de niña a loco, sino de niña a niño. No vivía en el pueblo, pero se lo encontró muchas veces; buen caminante, con la misma ropa limpia, pero descalzo. Él no soltaba el discurso frente a ella, caminaba entre las mesas y hablaba fuerte, aunque no se lo podía acusar de gritar: sus ojos, más que la voz, se empeñaban en defenderlo. Sí, huele a loco, dijo un niño. Huele a cigarrillo, corrigió la madre del niño. Pero el niño tenía razón: era un loco porque caminaba mucho, les prestaba plata a desconocidos y llevaba un palo.

*

Por la noche, Isa visita las coles; van a buen ritmo. El patio está lleno de sábanas y ropa que cuelgan de alambres, sujetas por pinzas para que el ventarrón no arrastre nada; la ropa se deja llevar y traer asustada por el viento. Es que podría ser la muerte misma de tanta fuerza que manda. ¿Por qué sopla con más enojo de madrugada? ¿Acaso el viento cree que nada cuelga de las cuerdas, que en realidad hay una fiesta y que las personas, borrachas, bailan al borde de la terraza, sin miedo a caer? Sale el viento cuando la gente y sus dioses duermen. Sale furioso a reclamar su lugar en la tierra, a esparcir semillas y tocar las cosas antes que cualquiera. También a remover las aguas, tarea más sublime que secar sábanas. Deja las coles en ese baile y se va para la habitación, donde se acuesta a dormir con zapatos, porque todavía es muy temprano.

Cuando abre los ojos, en la mesa tocador arde una vela.

Papá se abotona el pantalón de espaldas a Isa, que lo mira desde la cama. Se detiene en las partes del cuerpo de él que todavía no son de nadie: las pecas, las venas de las manos y, en la cabeza, la piel de las entradas. Hace un rato, cuando todavía estaba acostado junto a ella, también de espaldas, Isa lo descubrió viejo. Se empieza a envejecer por las orejas; de ahí en adelante renuncian el pelo y los dientes, el caminar se hace lento y amargo el aliento. A medida que el tiempo pasa, Papá se guarda cada vez más, las arrugas aparecen en él como en la ropa guardada en el rincón. Cada arruga los acercará más, pues a medida que ella se haga más grande, niña grande, y él se haga más viejo y ancho, habrá menos espacio entre los dos. A veces se hace la dormida: solo en la cama tiene Papá. Fuera de allí, él viene y va como los camioneros que entran al pueblo a descargar o como los pájaros de paso que hacen escala para tomar agua: un Papá de paso.

Los búhos, gatos con alas silenciosas, entregan el último «uuu». No dicen más. Les dejan el aire a los gorriones, que despiertan y cantan con miel entre el pico. Poco después, el cielo clarea en el cuadro vivo de la pared. Amanece. Papá se viste pensativo. Cuando abre el clóset para sacar la correa, toma también una blusa de Isa y la huele. La deja en su lugar. Se abrocha la correa, pasa las manos por el pantalón para desarmar las arrugas. Papá se viste pensativo; hace una semana lo llamaron del colegio: la niña huele mal. Ayer se lo contó a Bere en la cocina. Desde el restaurante, Isa escuchó todo. Los oídos de Isa, aunque sucios, escuchan muy bien a distancia. No es que uno no pueda aguantarla cerca, dijo la rectora del colegio, pero, cuando viene, su ropa, su pelo, toda ella huele a, cómo le dijera, a guardado, a humedad. Él no se había dado cuenta: Isa huele mal. Aunque pasa horas en el baño, huele mal. Al escuchar, Isa agarra la punta de su blusa y huele. Nada. No huele mal, a lo mejor un poco a montaña. Ignorar es barato: basta con no mirar, no hablar, no responder preguntas. Lo único imposible de ignorar son los olores; la nariz está siempre abierta, alerta: por el olor adivinamos si va a llover, si la sopa es de lentejas o de fideos. Hay quienes predicen tragedias: algo huele mal. Incendios, tortas quemadas, niñas que no se bañan bien. Ignorar el olor es casi como ignorar que la niña está viva. Ella sabe por qué los últimos días Papá respira más fuerte: desde que la rectora lo llamó, siente el olor a húmedo todo el tiempo, en todas partes.

Al terminar de vestirse, Papá habla:

—Entra al baño y quítate el pijama.

Papá nunca la manda a bañarse, pero obedece. La esperan los recortes de revistas y una luz tenue sobre el lavamanos que no ilumina bien la ducha.

Cuando está lista dice: Ya. Papá entra y abre la llave, agua caliente. El vapor de agua empaña los vidrios, el espejo. Desde la puerta de la ducha toma la manguera y moja a Isa. Cierra la llave, agarra el jabón y lo pasa por el cuerpo de la niña como quien dibuja el boceto de una muñeca en una hoja de papel. El jabón resbala por los brazos y las piernas de Isa, la espalda, el pecho, el ombligo. Papá deja el jabón a un lado. Se frota las manos, hace una espuma que esparce por el cuerpo de la niña. Isa busca la mirada de Papá; él se ocupa de los espacios del cuerpo que no tocan la cama: los pliegues de las articulaciones, la curvatura de la espalda baja, los huecos entre los dedos de los pies. Pasa sus dedos entre los de la niña, que además tiene las uñas largas. No le duelen porque los zapatos siempre le han quedado grandes. Las axilas y el cuello blanco, Isa toda blanca. ¿Papá también se bañará así, como si alguien fuera a revisarlo después, como si estuviera a punto de hacer un viaje muy largo? Vuelve a mirar las pecas de Papá, las venas de las manos, la piel de las entradas. Papá le echa champú en el pelo, le cae en los ojos,

DOS

Martes por la noche, una mujer prende una vela dentro de un vaso. Horas después, el vaso se quiebra por el calor. Jueves, una tórtola pone dos huevos entre un beso rojo recién florecido. Viernes, llueve. Isa estudia en el restaurante del Hotel. En un cuaderno intenta hacer la *e* como la hace Papá. Se copia de un recibo viejo. Le sale una luna nueva, media naranja, cuarto creciente, sombrero torcido. No, no y no. Iracunda, deforma otra *e*: la rebaja a cable de teléfono. Se rompen la luna, la media naranja, el sombrero, la otra luna y el cable, la tinta traspasa la hoja, a Isa le duele la mano.

Gil pasa sacudiendo las mesas. Desde que lo operaron de los ojos ve más mugre que cualquiera. De día trabaja en el Hotel, por las noches hace collares, ensarta canutillos hasta la madrugada porque ahora ve más que cualquiera. Trabaja con detalle, forzado a ejercer cualquier oficio porque la universidad está lejos, cara, impensable y, por otro lado, lo aturde el peso de la vocación: ¿qué te gusta hacer?, ¿para qué naciste? No, no se puede permitir esas preguntas, que son más de los que se bajan en el pueblo solo a tomar soda y a estirar los pies. Al menos eso se la pasa diciendo. Está seguro de que así no funciona. Más bien busca qué falta en el pueblo y allá llega diciendo que él sabe, que es el mejor, que aprende rápido a bañar caballos, cambiar puertas, arreglar goteras, hacer tortas, coser almohadas.

—Niña, niña, niña —dice con el trapo en la mano.

—¿Cuál le gusta? —pregunta Isa señalando el cuaderno, sin mirar a Gil. Lo mismo le pregunta a él que a un fantasma.

—Depende. Con esta solo podría escribir «elefante», con esta, «enano», y con esta, «estoy esperando que se mueva para limpiar la mesa».

Impaciente, Gil sacude el trapo y lo dobla en cuatro, turna el peso del cuerpo de una pierna a otra, de una otra, como marcando un compás. Va siempre como latido de musaraña. Quizás quedó así desde que trabajó haciendo mandados y la promesa del tendero a sus clientes era: «Si su pedido no llega en tres minutos, se lo regalamos». Y si no llegaba en tres minutos, lo regalado lo descontaban de la paga de Gil, claro; ese era su trabajo. Un día, mientras dejaba un domicilio en el Hotel, escuchó a Bere pedir —al cielo, porque Papá no estaba— una camarera. A ella le dolían las manos, y se quejaba por tener que hacer todo sola. Aunque todo no fuera mucho, pues el Hotel entonces pasaba más tiempo vacío; además, la habitación de Papá no daba mucho quehacer: Isa misma cambiaba las sábanas, barría y lavaba los baños.

Pero es que las camas, dos patios, el zaguán, las plantas, la era… La cocina, preparar algo, nomás entrar le parecía agotador. Los ¡aj! ¡buf! ¡ay! se le caían de la boca como migas de pan.

En la recepción, Gil se ofreció al escuchar la queja de Bere, pero ella se le rio en la cara. Isa miraba desde una mesa del restaurante.

—¿Y usted sí sabe tender bien una cama? —le dijo Bere. Nunca he visto a un muchacho sacudiendo más que la camisa que se va a poner.

El chico suspiró hondo y lanzó un: ¡pruébeme!

Bere abrió una habitación, él entró tras ella, Isa se quedó en la puerta, nomás mirando. La señora lo invitó a demostrar, reloj en mano, que merecía el puesto. El muchacho las miró con desazón, como si el puesto no dependiera de ellas —de Bere—, aunque sabía que sí. Entonces puso la sábana ajustable, borró las arrugas con la mano, luego tendió la sobresábana y la colcha, que dobló haciendo una cenefa en la parte superior. Mientras trabajaba en la cama, hablaba en voz alta ante una Bere que no dejaba de acariciar el reloj y ante una Isa mirona:

—No me acose, que de todas formas ando de afán. Esa manía de estar midiéndose, entre sábanas y manteles, quién puede más. En ninguna hoja de vida se puede poner: «Dejo las sábanas más blancas que las del obispo de Roma». O «Doblo tres camisetas por minuto». O «Puedo sacudir con los ojos cerrados». La limpieza y el orden no duran, son como esas pobres flores silvestres que apenas viven unas pocas horas después de ser arrancadas, ¿usted ha visto?

Sobre la cenefa, las almohadas, y listo. Bere no le dijo que muy bien, gran trabajo, qué rápido, pero le dijo que volviera al día siguiente. De eso hace ya tres meses.

Gil limpia las mesas restantes, pasa el trapo sin sacar bien la grasa de los vidrios, limpia las sillas por encima, el televisor, los cuadros. Isa lo deja con el trapo y las mesas y el afán. Camina por el corredor llevándose por delante las hojas de las plantas, alguna flor que cae. El Hotel a esa hora le parece un afuera: hace frío, corre el viento, lo atraviesan un par de desconocidos. El sofá no está donde lo dejó el otro día. Lo mueve sola; es ligero y desabrido. Gil lo encontrará en un momento y tendrá algo más que hacer antes de irse de afán a su casa.

*

En la habitación: Papá no llegó, anoche no llegó. Antes no hablaba, pero siempre estaba en el Hotel arreglando una puerta, una tubería o haciendo cuentas en la recepción. Ahora pasa por fuera uno, dos, tres días y no dice adónde va, no la lleva ni le explica. ¿Acaso Isa es uno de los tantos objetos olvidados en las habitaciones del Hotel? ¿Una libreta, una media, un anillo perdido? Sabe que él está bien porque llamó a la recepcionista a pedirle un número de teléfono, pero no más. Ni siquiera preguntó por ella.

Manos invisibles la cercan, quieren agarrarla, pero son manos que ella desprecia. Vértigo. Siente que los órganos se le desprenden y deambulan como planetas sin órbita dentro de su cuerpo. Caballos tiran de sus extremidades. Quien mira desde adentro, desde la seguridad de una casa, no entendería este afuera. ¿Quién cree que es ella? La cebolla que crece sola, como dice Bere. O una rosa, cree que es una rosa y que, como a ellas, le gusta vivir abandonada. Si las cuidan, les hablan, les echan mucho abono, no crecen. Se apestan. Pero solas e ignoradas, las rosas hacen de un pedacito de tierra un jardín. La niña cebolla que huele mal quiere que un pájaro —una soledad— se la trague y a la mañana siguiente la suelte en otro lado, lejos, donde esté Papá, que lleva más de tres días por fuera. Junto a la cama, se agacha y se hace bolita, suda, se da golpes en las piernas, se pellizca las manos y la barriga: si es que ha causado daño, si Papá se va por su culpa, entonces merece un castigo. Cuando mengua la fuerza, se soba contra las paredes como un gato. Los moretones y arañazos nadie los nota.

La mañana siguiente va temprano a la cocina y pregunta en qué ayuda, como si otra vez tuviera que ganarse el día. De alguna forma ha de pagar la noche, las lágrimas de anoche, los rasguños, compensar lo llorona con trabajo. Bere, sin quitar los ojos de las ollas, le dice que busque musgo y palo podrido para las matas, que están muy secas. Que si no encuentra en el barranco, le pida a la Virginia, que ella siempre tiene. ¡Lleva una bolsa!, le grita cuando ella ya ha dejado la cocina y va atravesando el zaguán. Isa se devuelve y pide en la recepción una, que mete entre la ropa.

Sale del Hotel y gira a la izquierda, camina bajo las nubes que más tarde morirán en la montaña, no cuenta los cuadros de las baldosas ni hace equilibrio en las aceras, se comporta como una niña a la que le pueden pedir casi cualquier favor. Al final de la calle, Virginia conversa con un muchacho, él habla tras la reja, ella responde desde la puerta de su casa. Isa espera su turno, no se deja ver, pero escucha:

—Ya le dije todo: soy Virginia, viuda, sin hijos. Y no, no necesito un gato. Espere, prendo una vela, hay muchas moscas. ¿Que le cuente algo más de mí? Ya le dije que soy viuda. Me gusta… pronunciar «fuego-fatuo» cada quince minutos. Fuego-fatuo, se lo escuché una vez a la señora Mercedes, dueña de la finca. ¿Que qué hago? ¿No ve mi sudor, no oye los chillidos, no huele la sangre? Mato pollos. No, no lo hago por gusto. No me gusta el pollo, no como animales, son caros. Pues qué más voy a comer: ¡lentejas!

Con ese grito, a Isa le dan ganas de dar media vuelta, pero se aguanta, espera.

—Vea, no se acerque mucho, yo le cuento desde aquí. ¿Qué está anotando en esos papeles? Escriba esto entonces: fuego-fatuo. Y esto: llegué a esta finca muy pequeña, como de ocho. Una mañana, llovía fuerte, mi mamá me empacó en un camión, después de cinco horas de viaje me dejaron aquí. Me recibió una vieja flaca y enferma. Me enseñó a matar pollos, a picar el heno, a estar en la casa. Se murió mientras les echaba comida a los marranos. No, no la extraño. Me pegaba con un rejo de vaca por mi pelo largo, por mis caderas. Me lo corté; me pegó más por haberlo cortado. Envidia. ¿A mi mamá? No, no la vi más. Supe que me cambió por una vaca. Yo habría hecho lo mismo. Fuego-fatuo. ¿Mi marido? Nos casamos cuando cumplí diecisiete y a la semana lo mataron. Se negó a ponerse unas botas de caucho para otra cosa que no fuera ordeñar vacas. ¿Amor?, no sé lo que es. Éramos amigos, nos conocimos aquí. Fuego-fatuo. Ya tengo treinta y dos y no me caso más. ¿Salir? ¿A qué? Ni falta que me hace. Tengo comida, ropa no gasto y la señora Mercedes me regaló un televisor antes de morirse. Y un libro de poemas. Pensé que eran adivinanzas. La verdad es que no los entiendo, pero algo me hacen. Fuego-fatuo. Me voy a servir jugo de feijoa, ¿quiere? No, tampoco voy a misa, eso tan lejos. Solo salgo para ir al médico, a la citología. Ahí me tocan, me roban, me arrancan un pedazo del alma con una pinza helada. ¿Adónde va uno después de eso? Me gusta la finca, y alguien tiene que matar a los pollos. No ponga esa cara: les doy un nombre antes de matarlos. El nombre dignifica. Roberto, Hilario, Consuelo. Puedo pasar una tarde entera pensando nombres. Con tanto quehacer, ¿a qué hora voy a salir? ¿Oye eso?, me tengo que ir, los pollos me están llamando.

Virginia desaparece tras la puerta. El muchacho guarda los papeles, el cuaderno en el que apoyaba, el lapicero, todo en una carpeta, y se va. No parece un evangelizador, tampoco un vendedor de catálogo, y no tiene uniforme de funcionario. Lo único que le queda claro a Isa es que él agotó la paciencia de Virginia por los próximos quince días y que ella ya no tendrá a quién pedirle musgo y palo podrido. Dicen que es muy malgeniada, que si la agarran en un día atravesado le hace a la gente lo que a los pollos. Isa da media vuelta y sube a la carretera. El sol la mira caminar. Los carros y camiones que pasan en ambas direcciones hacen temblar el asfalto. El viento busca algo entre su pelo, entonces se lo agarra con una pinza. Ve que, al otro lado, por donde bajan los nacimientos de agua, hay musgo y palo podrido. Bere le ha dicho que ni se le ocurra pasar la carretera sola, no es un paso muy amigable, que lo digan los camioneros, que no pueden frenar de un momento a otro, se les vendría el peso de la carga encima, una tragedia. Isa espera en la orilla, tras la línea, como quien mete un pie al agua para medir la temperatura. Amaga el paso, retrocede. Vienen dos motos de un lado, un camión del otro. Espera. Se siente más lejos de casa de lo que está. Le entra frío; cómo quisiera hacerse bolita otra vez. Arriba, todo pasa lento: las nubes cubren el sol, y refresca el viento que, a falta de pelo, arrastra las hojas secas.

Mirada fugaz a la izquierda, luego a la derecha, Isa cruza mirando a la derecha, azuzada por un camión de huevos que va como si estuviera vacío. Al llegar al otro lado, pisa un montoncito de hojas mojadas, resbala y cae sentada en una zanja. De las palmas le brota sangre que se mezcla con tierra, pero ella apenas siente el susto. Se para y revisa la ropa: sin huecos, pero muy sucia. Mojada. Camina hasta el nacimiento, mete las manos en el agua: ¡arde muchísimo! Isa toma aire, no suelta ni una lágrima, menos un grito. No va a llorar por una caída. Se seca las manos al aire mientras busca con la mirada. No le da miedo meter las manos entre las hojas ni mover las enredaderas para agarrar el mejor musgo, el que está escondido. Aguanta lo que arde y echa lo que más puede en la bolsa. Respira hondo, agarra los trozos de palo podrido más pequeños que encuentra, y a la bolsa también. Cuando tiene suficiente, la amarra y la abraza como a un oso de peluche.

Da media vuelta.

Al frente aparece Caracortada con los termos entre la canasta. Ve que se hace un techito con la mano en la frente para mirar. Isa lo saluda con la mano, él le devuelve el saludo, pero con menos entusiasmo, parece preocupado. Isa tiene un filtro para elegir amigos: tienen que ser más grandes que ella; los pequeños son bobos y dependen de sus papás. Tienen que ir a la cantina de vez en cuando y ojalá ser amigos de Vargas. Por último: tienen que andar con un palo o gritar de vez en cuando en la calle. No es necesario cumplir todas las reglas, pero mínimo dos, porque locos declarados no hay tantos.

Isa y Vargas son quienes mejor conocen a Caracortada o «el Caracortada de los tintos», como le dicen los camioneros, porque a diario se levanta muy temprano, pero no puede encender la luz para bañarse, y mucho menos para afeitarse, pues despertaría a su esposa, que para dormir necesita la noche total. La cuida. Lo abandonaron una vez y no soportaría, de nuevo, dormir junto a media cama fría. Cree que todo hombre solo es un viudo. Cuando lo dejaron empezó a visitar la funeraria del pueblo vecino. Con ojos rojos y ropa negra entraba a la sala con la canasta de tintos en la mano, buscaba sin encontrar diferencia entre su dolor y el dolor de los que lloraban a un muerto-muerto, luego llegaba a la cantina con unas ojeras hasta las rodillas. Y de eso no hace mucho, Isa todavía recuerda a la que fue su mujer, no parecía mala. Su pérdida era equivalente y merecedora de noches enteras de lágrimas y café, pero como no podía permitirse una sala de velación, visitaba a otros muertos y aprovechaba para llorar. Y para vender tinto. Cundo se sintió mejor volvió a la calle, entendió que no solo vendía café. Él, además, escuchaba, quitaba el frío que dejaban los muertos, calmaba dolores y abría los ojos de otros. Cómo no iba a sentir compasión por los que también habían sido abandonados y aun así tenían que madrugar a trabajar, dar los buenos días, amarrarse los zapatos. Por eso, sin quejarse, dice que hace lo que puede frente a una pared que no le devuelve ninguna cara: se unta espuma, con una mano busca donde hay pelo y con la otra pasa la máquina de afeitar, pero es tan flaco que la cuchilla se hunde, choca con los huesos de la cara o se desvía con facilidad, y entonces aparece la herida.

Caracortada, que también es de aquí, madruga con su canasta de termos calientes, se trepa al estribo de las tractomulas —camiones jaula o lecheros— y les ofrece café a los camioneros que acaban de llegar, también a los que pasaron la noche a la orilla y están por irse de nuevo. Una tarde de domingo en la cantina, Caracortada le contó a Vargas, y de paso a Isa, que pintaba un mapamundi, que algunos camioneros que paraban allí por primera vez lo miraban como con rabia, como si él valiera menos por las cortadas. «Un hombre que no sabe ni afeitarse no puede hacer más que servir café», le escuchó decir a uno. A Caracortada no le importa, no cree que haya nada más imprescindible que su trabajo: sin café no hay amanecer. Tampoco nada más digno que ese, el mismo oficio de su papá, al que le decían «Velorio». Su papá, al que una noche le dio un infarto justo afuera de la iglesia. Los vasitos para servir el café quedaron desperdigados en una zanja. Al muerto se lo llevaron, pero los vasos tardaron semanas en desaparecer. Vargas lo interrumpe para contarle a Isa que por eso cuando alguien del pueblo ve un vaso tirado en la calle cuenta la historia: Velorio tenía una deuda muy grande o su esposa estaba enferma, algo grave; o vio algo que no debía haber visto o comía muy mal o su papá y su abuelo habían muerto de lo mismo; total, que le llegó la hora. Cuanto más pequeño es el pueblo, más versiones de cada historia.

Y Caracortada sigue: jura que, cuando el tiempo se aquieta, la gente pide un café; y que para los conductores el tiempo se detiene en este pueblo, cuando llegan en esos castillos rodantes que son los camiones de carga pesada, tapizados en cuero o en sintético, con luces, santos y vírgenes suavecitas aunque frías. Tremendos animales de carretera, dice como si los conductores nunca le hubieran hecho un desprecio; lo dicho se lo llevó el camión. Y alaba las curvas y los repechos más peligrosos: Punta Colmillo, Cola del Diablo, Curva Lisa; les reza, como a todo lo que le da miedo. Los camioneros de los que se ha hecho amigo le cuentan que pasar por ahí vale como una visita al purgatorio o el pago de cuentas pendientes con el diablo. Con la Virgen. Y que esos mismos a veces lo dejan subirse a escuchar música. Y Vargas dice: ¡Ah, traición! Y Caracortada cuenta que ni tanto, porque se ha quedado dormido más de una vez, con la cara pegada al vidrio de la puerta. Lo despierta el grito de algún cotero o el conductor que se baja y cierra fuerte, no sabe si por descuido o para verlo pegar un brinco. Ahí se quita las lagañas, se mira en uno de los tantos espejos de la cabina y piensa que estos hombres tienen que viajar así para no sentirse tan solos. Se mira la cara, los surcos de los años, las cortadas, cicatrices que avergüenzan a su mujer, que le dice que mejor se deje crecer la barba, pero él que no, mujer, cuando me afeito hasta parece que estoy estrenando ropa.

Caracortada no toma café, prefiere que el brandi le caliente los pies. Tiene su propia copa en la cantina. Vargas sabe que antes de servirle un trago le debe calentar la copa en la mano mientras le cuenta alguna historia. Si él escucha las historias de todos en la cantina, pues que Caracortada sea su cantinero de tinto y lo escuche a él: Yo antes de ser cantinero herraba caballos, y también los cuidaba y los bañaba y ponía mucha atención al patrón, que no me explicaba nada, pero me dejaba mirar. Para qué estudiar si uno puede mirar. Herrar daba más plata que bañarlos, pero yo lo que quería era tener mi cantina y poner mi música y pasar el trapo por las mesas todas las mañanas. Uy, Caracortada, uy, niña, ese fresquito cuando uno abre y se mete la mañana con olor a boñiga y todo, pero ese fresquito también de abrir una reja que es tu reja de tu puerta de tu negocio. Los caballos eran el negocio de otro. Lo único es que voy a tener que empezar a traer borrachos de otro pueblo; esto anda muy solo. O más bien mándeme camioneros nuevos para acá, dígales lo bien que sienta un aguardiente, uno solito, después de un tinto. Isa cuenta que Bere últimamente se queja de lo mismo, del Hotel casi vacío. No han vuelto a tener las habitaciones llenas, sobra comida y falta quehacer.

Cuando Caracortada se ríe, las cicatrices se le marcan aún más. Dice que va a intentar mandarles clientes a los dos, pero que los camioneros son difíciles, tienen ya su lugar preferido en la carretera, son fieles como perros.

—Vea, Caracortada, ayúdeme y le hago un espacio ahí en la pared, junto a la ventana.

La pared más grande de la cantina está llena de cuadros con fotos de cantantes famosos y locos, pero no locos de este pueblo, sino del pueblo de Vargas, que queda a diez horas en carro.

CARACORTADA: Le traigo una foto si me pone en el centro.

VARGAS: No, no puedo quitar al Chirrinchero. ¿No ve que ya se murió?

CARACORTADA: Pues por eso: no se va a dar cuenta.

ISA: Yo también quiero. Papá no me deja poner nada en la habitación.

VARGAS: Les alquilo el espacio.

TODOS: (Se ríen).

VARGAS: A Isa la ponemos aquí, entre Lola y Chavela, para que la cuiden. Y a Caracortada, entre Lida, la loca y Gabrielo.

CARACORTADA: ¿Para que me cuiden?

VARGAS: Pa que usted los cuide.

ISA: ¿Y si mejor me ponen ahí al lado de José Alfredo Jiménez?

A esta hora el sol ya no es una cruz. Caracortada grita desde el otro lado:

—Niña, ¿usted qué hace allá? ¿Quién la pasó?

—Yo me pasé —responde Isa mirando a los lados.

—¡Espere!

Caracortada levanta las manos, las agita en señal de pare, mete el pie un par de veces, pero nada. Isa lo mira; quizás la gente cree que les quiere vender algo. En principio, solo el conductor de un bus se detiene, pero cuando ve que el hombre no se sube y además le señala a una niña, le echa madres y arranca de nuevo. Después de un rato, por la derecha para un auto pequeño y por la izquierda una moto; tras ellos, una generosa fila. Con Caracortada en mitad de la carretera, Isa cruza abrazando la bolsa. Él dice que es muy peligroso cruzar esa calle sola, pero no le suelta ningún sermón. Ojalá que la próxima vez le pida al Papá que la acompañe.

—Mi Papá no está.

—¿Y qué le pasó en las manos?

Los dos caminan bajo el fresco de las montañas. De nuevo, Caracortada se limita a escuchar. Isa le cuenta de camino al Hotel que se resbaló y se raspó las palmas, a lo que él responde que eso no es nada, que se lave con jabón, que lo bueno es que ya tienen otra historia para contar: Mi mamá siempre decía que, si no hacemos cosas pequeñas, no vamos a acordarnos de los días. Luego le contó que venía de comprarse unos zapatos para trabajar. Que en realidad lo que él quería —y necesitaba— era una moto para pasar al pueblo del lado cuando la cosa se ponía mala por ahí, pero que solo le había alcanzado para unos zapatos, que lo mismo lo llevaban hasta allá, pero más despacio.

Isa se baja de la conversación en el Hotel. Caracortada sigue su camino.

Adentro, no busca a Bere. Se lleva la bolsa para el cuarto y se lava las heridas con jabón. Apenas son las tres de la tarde, queda un otoño, un atardecer muy largo.

*

La noche respira hacia dentro; el Hotel entero duerme. Los anturios blancos, sostenidos por el aire, respiran. A lo lejos, cada tanto pasa un bus, ulula un búho, desfila un gato vecino sobre las tejas. Se cae el gato, que persigue a un ratón de ojos dulces. Y a pesar de todo hay silencio entre las montañas que vigilan a este pueblo como a un hijo desobediente. Algo enmudece los actos del pueblo por la noche, quizás la neblina que se asoma sobre las casas o el miedo a descubrirse despierto a una hora maldita, como Isa, que siempre que abre los ojos son las tres de la mañana. Algo enmudece los actos del pueblo, no los lleva al silencio total, que los haría desaparecer, sino que los envuelve entre una manta, así: el camión, el búho y el gato caminan sobre lana, entre motas de lana, bajo la manta y la noche.

La manta cae de la cama al suelo, bajo el cuadro de la pared: primero azul oscuro, luego azul claro. Isa amanece sola en la habitación. Antes de abrir los ojos siente el dolor en las palmas. Tras la herida hay un golpe, tras el rojo hecho costra hay un morado que duele. Se viste como puede y sale de la habitación camino a la cocina, sin siquiera echarse agua en la cara, sin orinar la primera vez. Sale abrazada a la bolsa con musgo y palo podrido.

En la cocina, Bere se cuenta cosas con la tía José. Isa escucha tras la puerta. Hablan del pelo de José, de lo rápido que crece la raíz cana y de la cantidad de toallas que ha teñido, sin querer, claro. ¿Qué hace aquí tan temprano? ¿Pasó algo o nomás vino a comer? Ay, las cosas que se cuentan las señoras, una y otra vez, una y otra vez. Isa deja la bolsa en el suelo, junto a la puerta, y entra al baño de la primera habitación, que casi siempre está desocupada. Se aguantó tanto que le arde. El primer chorrito tarda en salir. Sentada en la taza piensa en José, la ve como una casa abandonada. También piensa en ella misma, más pequeña: una habitación. Le duele en Papá, en el ala Papá. Conscientemente no piensa en la madre. Suena tajante cuando le preguntan por ella: No tengo mamá. ¿El nacimiento en sí mismo es un abandono, el abandono madre que sufren todos: haber nacido? Isa dice que no la extraña, no la recuerda, piensa en ella como en las muñecas que no ha tenido ni tendrá porque solo existen en la tele. José ha querido hacerse pasar por su madre para evitarle preguntas callejeras, pero ella prefiere decir que su mamá está muerta, así obtiene a cambio compasión, atención, un caramelo.

Sin noches febriles, sin compartir el baño y la espuma, sin palabras mal aprendidas, la madre está muerta. La madre, la mujer pegada al otro lado del cordón o la que esperaba al otro lado del deseo, está muerta. La madre está muerta y la hija está muerta de ese lado de la moneda. Por eso la niña una noche, sin saber muy bien por qué, dijo: Me renuncio aquí. Y lloró horas frente a una pared del Hotel. Pero Isa aún no sabe que la madre está porque no está, que el abandono es una presencia eterna y borrosa, una mano gruesa y pesada sobre el hombro, una mano que respira por sí misma para hacerse notar.

Sale del baño sin lavarse las manos. Le arden.

Junto a la puerta ya no está la bolsa con musgo y palo podrido. José sale de la cocina y se abalanza sobre ella. No la deja buscar.

—Por ti vine, miniña. Contame qué has hecho. ¿Qué son esas manos, Dios mío?

—Viniste a comer —dice saliéndose del abrazo.

—A verte vine, y a que te vengas conmigo para la casa. Te tengo listo el cuarto.

Gil pasa frente a ellas, la bolsa de musgo y palo podrido en una mano, un trapo húmedo en la otra. Isa va tras él. Antes de que llegue a la caneca de basura, le dice: ¡Ey, esto es mío! El muchacho se deja quitar la bolsa, no reclama, hace una mueca y sigue recogiendo cosas mal puestas.

José abre la bolsa con la punta de los dedos y la suelta apenas ve lo que lleva dentro.

—¿Qué haces recogiendo basura?

—No es basura —aclara Bere, que recién sale de la cocina—. Es un favor que le pedí. No te vayas sin dejar esa bolsa vacía —dice Bere, y se mete de nuevo a la cocina.

—¿Ves? Tengo cosas que hacer.

—Contame pues: ¿qué te pasó en las manos? —dice agarrándola de la muñeca.

—Nada, nada, mejor espérame en la cantina.

Se cuelga el bolso de mano, la señora, y camina hacia la puerta. ¿Por qué aguanta tanto rechazo? Ha de tener el amor muy nuevo, todavía. O el abandono muy fresco. Bere sale otra vez de la cocina:

—¿Es que no la quieres?

Isa levanta los hombros.

—Pobre mujer.

—La quiero hasta aquí —dice señalándose las rodillas.

Hasta las rodillas la quiere. A lo mejor no es cierto que «querer» sea un absoluto. A veces otros verbos le roban espacio; se puede querer y despreciar al tiempo o querer de ocho a diez, querer de lejos. Un te quiero con apellido, un color que se mezcla con otro: verde más negro da verde-pino; te quiero y no te quiero, te quiero nomás un poco.

La costilla de Adán y los anturios se llevan los pedazos más jugosos de musgo y palo podrido; las demás solo necesitan tierra y agua para elevarse como una mano que pide. Las uñas negras, deja un poco de musgo en la bolsa y va hasta la puerta de atrás, que tiene un secreto: para abrir y cerrar, hay que levantarla. Un esfuerzo pequeño. La puerta azul de madera, que hace muchos años hizo el carpintero del pueblo, cuando trabajaba en grande, porque de eso ya nada, es para Isa lo más bonito del Hotel. Tras el secreto de la puerta: la era fresca, enana, y en ella las coles.

Bajo el sol, una bella a las once se empina, se sabe viva y muerta al mismo tiempo, muerta desde que nació: las raíces enterradas, el cuerpo en intentos de vuelo. Las raíces en un mundo de muertos, topos y lombrices, y el cuerpo al sol. Una flor joven se sabe muerta desde la semilla, a diferencia de una mujer vieja, que solo cae en la cuenta de su desgracia cuando empieza a encorvarse y todo le molesta o nada le importa. Se mira al espejo: cada día se cierra un poco más sobre sí misma, vuelve a ser semilla, la vieja, la que no sabe, la muerta desde chiquita. Isa deja la flor que cuelga de una canasta. Se arrodilla frente a la era, clava pedacitos de palo podrido alrededor de las coles mientras canta —muy bajito— una canción que suena en la cantina. Parece que reza. La niña remueve la tierra y parece que reza: *No sé qué tienen las flores, llorona / las flores del camposanto / que cuando las mueve el viento, llorona / parece que están llorando.* El musgo lo aprieta entre los dedos, que no le duelen tanto como las palmas, y lo deja caer alrededor de las coles como si fuera sal. Piensa en Papá: ¿por dónde camina Papá a esta hora?, ¿vendrá hoy? La acompañan dos gallinas color trigo y abedul. Tampoco saben las gallinas que ya están muertas; lo negarían a gritos hasta la última pluma.

Hay sobre la era un árbol de guayabas pequeñas, rojas, redondas, que caen entre el sembrado. Recoge unas cuantas entre la blusa y come, mastica guayabas hasta que le duelen los dientes, hasta mancharse las encías. Las coles han crecido. Los cogollos se abren como un bebé que suplica: ¡Cárgame, quiéreme, cárgame, quiéreme! El abono les hará bien, Bere estará orgullosa, le pedirá ayuda, la hará su mano derecha.

El sol no se rinde. El canto carga al pájaro antes de que aprenda a volar, va primero, le enseña el mundo a través de ecos, respuestas de otros pájaros, del agua y el viento; de allí tomará la fuerza para mover las alas, para intentarlo. Vuela el canto de un mirlo hasta Isa, que acostada en la tierra junto a las gallinas mira al cielo, quiere volar. La consuela un pensamiento: de tanto comer guayabas está más cerca de ser pájaro que niña.

Las gallinas se guardan.

La niña se duerme al sol, se quema los cachetes. Sueña que ella y los pájaros vuelan sobre la montaña, sin las gallinas.

Gil la despierta con el borde de la escoba: ¡Niña, niña, niña!

No puede mover los pies, durmió encima de ellos. Solo mueve el tronco, las manos, la cabeza, pero las raíces enterradas; el cuerpo en intentos de vuelo.

Gil la carga para que le fluya la sangre de las piernas y le dice que en la cantina todavía está la señora esa, que la sigue esperando.

Las calles del pueblo a la hora del almuerzo: tan solas como a la madrugada. Desde arriba, el sol, junto a las nubes; pasarán la cuenta más tarde. En la cantina, se sienta Isa con José, se chupa un cubito de azúcar y saluda a Vargas de lejos con una mueca. Una mujer pega un letrero en la vitrina de bebidas frías que dice: «Urgente. Se solicita vendedora. Medio tiempo. Llamar al 3443213». Antes de que la mujer desaparezca, Isa se acerca y le pregunta: vendedora de qué, dónde y cuándo puede empezar. La mujer le dice que ella está muy chiquita para eso. Isa responde que no, que no es para ella, es para su tía, la del pelo teñido.

Vuelve con la información en un papelito.

—Mira, José, un trabajo.

—Yo para qué un trabajo.

—Todo el mundo trabaja.

—No lo necesito. Y tú tampoco; las niñas no trabajan.

—Yo no soy una niña.

Isa agarra a José de la mano, lo más parecido a un abrazo que ha dado alguna vez y por iniciativa propia. La saca de la cantina. José no entiende lo importante que es tener un trabajo, ella tiene muchos, se los rebusca. El de hoy: conseguirle un trabajo a su tía para que la deje en paz. Camina rápido. ¿Aprendió de Gil el afán? José se agarra de Isa como si pendiera de un árbol, como si fuera una guayaba pequeña, roja, redonda. Caminan un par de calles, hasta llegar a una hilera de almacenes. En el tercero, un local del que sobresale un parasol verde, dos viejitas en coro saludan: ¡Buenas tardes!

—Que mi tía quiere el trabajo.

—Primero se saluda, niña —dice una de las viejitas.

—Hola. Buenas. ¿Cómo es lo del trabajo?

—¿Y la tía suya tiene experiencia vendiendo? —pregunta la otra viejita.

—No, pero ella aprende rápido —responde Isa.

—¿Y es que la señora no habla? —en coro de nuevo las viejitas.

—Miniña, que yo no necesito un trabajo —responde José mirando a Isa.

—Entonces, ¿qué hacen aquí? —dice una de las viejitas.

—La traje porque se mantiene por ahí muy sola. Pa' eso mejor que trabaje.

—No, muy sola tampoco —alega José.

—Esperen aquí.

Las viejitas se van al fondo del almacén, discuten creyendo que nadie las escucha, pero Isa tiene orejas de mochuelo. La más habladora dice que sin experiencia no le sirve; la más callada alega que no hay mejor vendedora que una mujer sola: hablará tanto de sus desgracias que le comprarán por lástima. Como a nosotras, que por viejas es que nos compran. Y esa no está vieja, pero sí muy sola, que es casi lo mismo. Además, así podremos descansar, nos vamos para atrás a ver televisión y la dejamos aquí que resuelva.

Vuelven con la respuesta: Venga mañana a las dos de la tarde. Aquí le explicamos lo del pago y demás arandelas. José mira las repisas, las vitrinas, la puerta de atrás que dice: No pase; luego las gafas de las señoras, sus arrugas, caminos abiertos que también tiene ella. Pone una condición: que Isa pueda visitarla en el almacén. Las viejitas dicen que sí, que siempre y cuando ayude en algo la niñita puede estar.

Ya quisiera Isa tener ese trabajo, cambiar de lugar los relojes, las porcelanas, la ropa interior, trocarlo todo para que los clientes no se aburran o para enloquecerlos y que lo del fondo suba de vez en cuando. Les sonríe a las señoras y ya no agarra a José de la mano, la empuja con las palmas, que le duelen, para que salga de la tienda. Una cuadra más adelante, Isa se despide con un: Duerme bien, que mañana tienes mucho que hacer. Duerme bien, y apenas son las cuatro de la tarde. José obedece. Va con calma. Quizás empieza a entender que los niños, como las palomas, con el correteo se espantan.

El atardecer llega frío, naranja y otra vez sin Papá. A Isa le duele la barriga hace rato, hace días, pero apenas se hace consciente. Le cuesta cargar con su cuerpo, tener que llevarlo de un lado a otro, darle de comer, soportar los dolores, y al duende y sus manías. Le estorba el cuerpo y todo lo que le sobra. ¿Le duele? No es dolor-dolor, pero no encuentra otra palabra. Se siente tocada por la mano transparente de un muerto, muerto que le atraviesa el estómago, una calle de madrugada. El frío se asienta sobre ella, que no trae nunca abrigo. En la misma mesa de la cantina, come un cubito de azúcar, y luego otro. Vargas anda con un trapo entre el bolsillo del delantal y un lápiz tras la oreja: saluda, atiende, cuida a los pocos clientes. El aroma del café compite con el olor a cigarrillo, orín y sudor; más tarde, el perfume de las malqueridas se los llevará a todos por delante. Como la funeraria, como el hospital, como la biblioteca, la casa de las malqueridas también queda en el pueblo del lado. Por eso no van cada noche. Cuánto desorden. Vargas hace lo que puede, pero los años le impiden moverse como antes. Los pedidos tardan, algunos se quejan, pero vuelven al otro día porque Vargas dice que ya casi encuentra un ayudante, uno joven y alentado, después cierra el asunto con una copita de cortesía, que es más bien un crédito para el próximo retraso.

Entre tazas de café y copas de aguardiente, unas descansan antes de regresar a la casa a seguir la jornada —el oficio—; otros no piensan llegar temprano o no tienen adónde. Se esconden de ellos mismos, como Isa. A nadie le parece extraño la presencia de la niña, que no siempre se sienta a la misma mesa, pero sí cerca de la pared. Bien podría ser un borracho más, de esos que de tanta tristeza tienen la cabeza más cerca de la tierra que de la copa de un árbol, un borracho que se acurruca para que no se le caigan los ojos, para que no se le rueden los ayayays. ¿Qué harían sin la tristeza en un pueblo donde no hay nada que hacer? Aunque para los vivos —y los que van de paso— siempre hay algo más, algo afuera, más allá, para el triste no. El triste ya está muy ocupado dentro de sí. Se ha metido, se ha encorvado tanto que olvida dónde tiene los pies. En cualquier momento llegará el borracho triste —o enojado, que al final es lo mismo—, presto a deshacerse, a repasar una y otra vez en voz alta lo que le pasó, a pedir canciones y, cuando alguien le pregunte la hora o si quiere comprar chicles, el borracho se asomará a la mesa como si hubiera escrito allí su historia, y responderá que es culpa de China y de los chinos, que él hacía las mejores mesas de madera, y hasta las fiaba. Pero los chinos y su plástico: mesas y sillas de plástico, más baratas. Y feas. Por culpa de los chinos hasta Mary me dejó, se llevó a los niños, no me contesta el teléfono. Ahora solo puedo hacer tablas para picar verduras y cucharones. Nada de mesas ni puertas ni ventanas ni cunas para bebé. Tablas y cucharones.

Isa se muerde las uñas, todavía con tierra. Las muerde hasta que Vargas le lleva una cajita con leche de fresa. Entonces se acurruca en la silla y espera. El único no triste en la cantina es él, o quizá sea el más triste, tanto que hasta parece feliz. No ha sido capaz de contarle a Vargas que el borracho que está sentado a la mesa junto al baño la mira mucho. No ha sido capaz de contarle nada. Espera que algún día deje de ir o que lo atropelle un camión, pero no, aparece de vez en cuando y no le quita los ojos de encima.

La mujer que se para en la puerta mira hasta los rincones, se llama Dora y trabaja en el colegio, pero no como profe. Ve que no hay mesas libres, así que se acerca y le pregunta a Isa si su tristeza ocupa toda la mesa o si ella, una mujer de carnes cansadas, puede sentarse allí también. Isa dice que sí con la cabeza. Dora le hace señas a Vargas para que le lleve un aguardiente y un café. Diagonal a ellas, dos hombres piden un dominó para jugar, y apuestan el trago. La mayoría de los clientes son del pueblo, pocos viajeros entran allí, les parece un rincón estrecho y pobre. Antes a Vargas no le preocupaba: sus clientes eran fieles; la tristeza nunca les faltaba. Saben que en otros lugares las historias no cuajan igual porque las heridas se cierran lejos de la luz blanca. Aun así, hasta la tristeza necesita con qué comprarse un trago y las cosas por el pueblo últimamente andan trancadas. Hoy hay gente en la cantina, mañana no se sabe. Ya bien acomodada en la silla, Dora habla:

—Este no es sitio para una niña.

—Yo no soy una niña.

—¿Y el colegio? ¿Por qué no ha vuelto?

—Me gusta más sentarme aquí. También hay sillas y mesas como en el salón, pero mejor, porque ponen música.

—Yo también a ratos prefiero estar aquí. Hoy me tocó estregar las escaleras. Mire cómo me quedaron los dedos, unas hilachas. Cada ocho días, por las tardes cuando no hay nadie, esas viejas me hacen lavar todo, eso no es necesario, les digo que con una vez al mes es suficiente, pero no, yo estregue que estregue porque son sordas de mente y les gusta verme arrodillada. Igual que al marido mío, que me toca pedirle perdón hasta por sacar plata del mercado para comprarme unos calzones. Él dice que una para qué calzones nuevos a estas alturas, no me entiende, pero no le pienso contar que lo que de verdad quiero es una boina francesa, ¿sí sabe cómo son? Yo creo que el día que me logre comprar una, el día que ajuste con qué mandar a comprar una a la ciudad o a la mismísima Francia, ese día me libero, mando a esas viejas y al marido mío por pan. Mientras tanto, estreno calzones. Calzones cada vez más grandes, anchos XL, porque toda la comida se me va para atrás. El marido mío, cuando se enoja, dice que parezco una tractomula y yo por dentro me río porque sí que me gustan los camiones; ya quisiera haberme casado yo desde el principio con un camionero y andar de pueblo en pueblo, pero aquí estoy, con estos calzones que no me recogen todas las carnes: es que se me salen pedazos de cuerpo. Ya vas a ver en unos años, niña, el culo no te va a caber entre el calzón. Eso con la ropa de trabajar no es problema, pero con mi ropa de vivir bueno… Es que este cuerpo es bien jodido, me descuido y se me riega.

Isa mete la barriga para dentro como si no le doliera, como si no necesitara más años para entender muy bien lo que dice Dora.

Las fichas de dominó estallan sobre la mesa, un hombre gana, el perdedor entra al baño, orina y se lava la cara, pide revancha y otro trago. Vargas deja el café y el aguardiente. Dora se toma rápido el café y a sorbitos el trago. Cuatro años lleva en el aseo del colegio; le gusta trabajar allí a pesar de las profes, que tuvieron que aceptar abrir un colegio mixto porque había más niños que niñas en el pueblo y porque no todos tenían con qué llevar a sus hijos al pueblo vecino, aunque allí tuvieran una profe diferente en cada clase y un salón de computadores. Solo una vez Dora estuvo a punto de perder el puesto: cuando defendió a un grupo porque una de las profes los mandó callarse, fingirse mudos durante toda su clase, no preguntar, no pararse al baño, no respirar fuerte. La escuchó mientras limpiaba la ventana del salón del lado. Con la cabeza caliente se paró frente a la rectora —alta y gruesa— y le soltó que era pecado quebrar así a un niño, que para ellos el silencio era pesado. ¿Por qué ignorarlos, dejar de hablarles, si se les puede pegar y con eso aprenden? Sí, aprenden a través del cuerpo: a hablar, a escribir, a obedecer. Dijo también que el silencio era otra cosa, que de tanto shhh shhh shhh un niño podía quedarse mudo de cabeza y de boca. Salió del salón y volvió a entrar todavía caliente, tiritando de ira, para gritar lo último: Aquí les dan a los niños un mundo horrible y sordo.

En este punto de la historia, Dora suda, se le hacen gotitas entre los pelos del bigote, y respira mal; recordar la lleva a sentir incluso más rabia que en ese momento. Con el último poquito de aguardiente cuenta que lo más grave fue que al salir se enredó con el mantel de una mesa en la que había una Virgen casi del tamaño de la rectora, recién llegada, lista para mudarse a la capilla del pueblo. La Virgen cayó y dejó pedazos de silencio por todo el salón. La llamaron de nuevo porque, además de limpiar, era quien enseñaba a dividir a los de segundo año, que con ella aprendían rápido.

Isa no quita la mirada de la puerta.

Luego habla:

—¿Quebrar una Virgen también da siete años de mala suerte?

—Yo ya nací con la mala suerte encima —dice levantándose de la silla—. Pásate de vez en cuando por el colegio. Aquí no hay niños con quienes jugar. Y por las mañanas huele a orín trasnochado.

Dora se abotona el abrigo de lana, deja un billete sobre la mesa y sale de la cantina. Al caminar se le marcan los calzones. Es verdad, todo se le riega.

*

Los locos cargan un palo; las locas, una palabra. O muchas. Por el cuadro de la habitación, negro noche, además del cielo se meten las palabras de Hija Cristina, como le dicen en el pueblo a la única loca mujer, hija de su madre, otra loca que murió hace años y la llamaba a gritos cuando era pequeña para que la ayudara a trancar la puerta con un mueble: «¡Hija Cristina, Hija Cristina, ya vienen; ya vienen, Hija Cristina!». La madre murió; quedó a cargo una prima que todos los días la deja salir a gritar bien vestida pero descalza. Cuando está en la casa, Hija Cristina no hace más que escuchar radionovelas y moler maíz para su prima, que vende arepas, que vende plátano asado, su prima que reparte envueltos en la carretera para pagar el arriendo y la comida de las dos. Con los calzones abajo, sentada en la taza, Isa la escucha desde el baño:

«Crees que por traerme santamarías te voy a perdonar. Por llegarme con la camisa rasgada, los cachetes quemados, rojos muy rojos, y la hierba en la mano. La montaña. La única montaña de por aquí donde crecen santamarías está pegada al sol. Hace mucho te dije: Has de subir descalzo y con el pelo suelto, eso si las quieres, si te sube fiebre. Ya sé, ya sé que no tienes tanto pelo. Yo no te pedí santamarías, te pedí… ¿yo qué te pedí? Escuchar, te pedí. A ver, ¿cuántas trajiste? Ah…, solo dos. ¿Qué hago yo con dos santamarías? Trae más, tienes que pedir permiso para arrancarlas, inclinarte sobre ellas y decir: Santa María, madre de Dios. Agradecer a la Madre que te las ha dado, y regar la planta. ¿Cómo que con qué? Pues con agua dulce, agua de miel. Luego te vas agachadito, en silencio, que no te escuche el sol, vete arrodillado, que se te quema el pelo. Ay, ya sé, ya sé que no tienes tanto pelo. Ahora, no creas que por traerme santamarías te voy a perdonar».

Hija Cristina pasa con su prédica junto a la primera hilera de casas, las de la carretera, y luego por la segunda, la del Hotel, la de casas pegadas a la montaña. Pasa algunas noches con la santamaría en la boca, otras con la paloma: «Ay, me gustaría encontrar a la paloma dueña de esta pluma y preguntarle cómo lo hizo…». Así va.

La espera ocupa tanto espacio como la tristeza, paraliza como el dolor. Ese dolor-dolor sin nombre. Isa se levanta la blusa para mirarse la barriga: sabe, desde hace un tiempo, que a ella también algo se le riega. Se pellizca, se agarra fuerte, quiere arrancarse lo que dicen que le sobra. Nadie sabe que falta al colegio porque una tarde de paseo, mientras intenta disimular el miedo al agua aferrándose con los pies a las piedras de una quebrada, una del salón se acerca y le dice que todos están muy decepcionados de ella porque no es flaca. Todos, todos los que están al otro lado, pegados de los matorrales, niñas y niños que ahora le parecen figuras grises de dientes largos. Las mira y, luego, por primera vez, se mira la barriga, se hace consciente de que tiene un cuerpo, cuerpo malo. «Decepcionados —dice la otra—. Estamos decepcionados de ti, muy decepcionados, no eres flaca, muy decepcionados». Isa queda congelada. ¿Cómo cargar el cuerpo que acaban de entregarle? ¿Puede quedarse allí, sola, y ahogar al cuerpo malo? «Decepcionados de ti, muy decepcionados». Palabras de niños se le enredan en los pies bajo el agua, la jalan. Ay, cómo quisiera dejar el cuerpo malo para que se lo coma un pez. El sol se ofende y llega el frío. La profe dice que es hora de regresar. Entonces las figuras grises de dientes largos dejan la quebrada. Isa es la última en salir: camina, esconde la barriga, aguanta la respiración; ya está metida dentro de sí bajo el juramento silencioso de no salir más.

En el baño se pellizca, se agarra fuerte, quiere arrancarse lo que dicen que le sobra. Se clava las uñas en la barriga y suda. Afuera, el viento lleva las santamarías de Hija Cristina hasta las montañas, allí las entierra junto a las de otras mujeres locas, palabreras de otros pueblos, hijas de su madre. Isa se duerme con los dedos tiesos de hacer fuerza, con los calzones abajo, acurrucada encima de la taza fría. A esa hora es una niña cerrada como las caléndulas.

Las palmas de Isa amanecen cubiertas de una cáscara café y rojiza, arden menos, pero la barriga todavía duele. Adormilada. Tiesa. La niña orina y nada más. Se seca y vuelve a sentarse, no saldrá hasta que deje de sentir piedras en el estómago. Escucha que alguien entra, deja algo encima de la mesa tocador y sale de nuevo. A lo mejor la recepcionista o Gil o un ladrón. A lo mejor le enviaron algo a Papá. ¿Qué puede ser? No importa. Afuera llueve. Ese día nadie pregunta por ella. Es normal que a veces no aparezca, no coma, no estudie.

Al día siguiente, muy temprano, suena el teléfono. Isa despierta, pero no responde a esa preocupación ajena que le parece una pose, un deber. De los cajones bajo el lavamanos saca papel y lápices de colores. Ayer hizo la espera entre recortes; hoy dibujará la casa encima del pastizal que tiene hecho hace días, junto al árbol. Sentada en la taza, raya primero en una hoja en blanco. Se hace una promesa: cuando termine la casa, Papá regresará a la habitación.

Más tarde, Gil entra y escucha ruido en el baño.

—¡Niña, niña, niña!

—¿Cuántas habitaciones tiene una casa normal? —responde desde adentro.

—Pregunta Bere que si va a desayunar.

—¿Cuántas?

—Ejjj. Depende.

—De qué.

—Del tamaño.

—¿Hay casas de una sola habitación?

—Sí, las de las viudas.

—¿Qué es una viuda?

—¿Va a desayunar o no?

Isa no responde más. Dibuja. Gil, antes de irse, le dice que ahí deja encima de la mesa tocador una caja que le mandó la señora esa desde el almacén.

Sobre una hoja en blanco dibuja:

Una casa grande, de una habitación, pero que no tiene paredes, solo techo, columnas y una cama.

Otra casa larga, de puertas redondas, junto a un río.

Una casa de pájaros en la montaña.

Una casa con ruedas y techo en forma de cono, del que sale un molino de viento que da vueltas.

Una habitación con una ventana pequeña, que es el cielo que le tocó.

Pega los dibujos a la pared y regresa a la taza. Tiene que elegir cuál pintar sobre el pastizal. La barriga sigue dura, y Papá no llega.

Por la noche, entra Bere a la habitación:

—Niña, sal, ya es hora.

Isa dibuja en silencio.

—Niña, te traje una sopa que no es de lentejas.

Nada.

—Niña, las coles se estancaron.

—Yo también.

Bere dice que está bien, que haga lo que quiera, que encima de la mesa tocador le deja la sopa y una bolsa de tela que mandó José del almacén. Antes de irse, dice:

—Las siembras. Luego las abandonas.

—Todos hacen eso.

Ignora el comentario y la deja con un: Come, niña, o te vas a desaparecer.

Anochece dentro y fuera del Hotel. La espera, esa caída libre que no cesa. La barriga hinchada. No es la primera vez que le pasa, pero sí la primera vez que tarda tantos días. Cuando está a punto de quedarse dormida, le llegan los gritos de Hija Cristina: «Me gustaría encontrar a la paloma dueña de esta pluma y preguntarle cómo lo hizo. Me gustaría mirarla a los ojos, pero no se puede mirar a una paloma de frente. Me gustaría saber dónde está, comparar esta pluma con el resto, quizás cambiarla por otra, darle un mechón de mi pelo, cantarle Cucurrucucú paloma. Me gustaría que todas las palomas se quedaran quietas. La que esté tiritando de frío es la dueña de la pluma. Si no la encuentro, no me abrirán la puerta, otra vez tendré que dormir en la calle. Me gustaría encontrar a la dueña de esta pluma, colgársela del cuello con una cadenita y pedirle que me enseñe a ser paloma, no llores».

A Hija Cristina le gusta gritar junto a la cantina. Vargas siempre le pone la canción y hasta canta con ella: *Pa-lo-ma, no-llo-res.*

Al día siguiente, José toca la puerta del baño, dice que está preocupada, le pregunta por qué no contesta el teléfono; sobre todo, por qué no la ha llamado a dar las gracias por los regalos. ¿Acaso no le gustaron? Ya vio que están encima de la mesa tocador, en la que no cabe nada más. No importa si esos no le gustaron, ella trajo más: una bufanda, dos pares de medias amarillas para la buena suerte, una bolsa con algodones de colores, crema de manos, un perfume fino, pinzas para el pelo y guantes de tul. También un rompecabezas. Nada. Y como las varices no perdonan, José arrastra una silla hasta la puerta, se sienta y le cuenta que en todos esos días nomás ha vendido una hebilla con forma de ganso.

Que han entrado a preguntar por medias grises, medias veladas, un mantel de croché, una cafetera, un reloj dorado, una estatuilla del arcángel san Miguel, sábanas blancas y caramelos de menta. Pero que ni los caramelos. Que las compras «grandes» son las que ha hecho ella para Isa, y que tiene más en casa. Adentro, ni una palabra, solo el lápiz que viene y va. José se da por vencida y la deja sola.

Isa siente que la noche se le mete al cuerpo, que se le asustan los pies cuando suena el timbre del Hotel. Si la noche la encuentra en la cama, se cambia al sofá o se encierra en el baño o baja a la cantina o pasa por el cuarto prestado de las malqueridas o se mete a la ducha y abre el agua hirviente para quitarse eso que quiere metérsele por los pies. Odia la noche cuando está sola, tener que hacerse cargo de ella por dentro. A esa hora no hay monedas por cambiar, papas por pelar, plantas que rellenar con verde de afuera. A lo mejor los fantasmas de los que habla la gente no son de los muertos sino de los vivos, penas de los vivos que durante el día están demasiado ocupados pensando qué hacer de almuerzo, cómo reparar la vitrina, la nevera, ay, cómo comprarle a la madre una tele para que esté al día con las desgracias de este pedazo de tierra. El día es del cuerpo, del afuera; la noche, del adentro, hasta para ella. Sobre todo para ella. El único lugar que soporta de noche, además del baño, es la cantina. No hace mucho que un borracho se le sentó al lado y le dijo: «Niña, la más triste de aquí es usted. Anda toda anochecida. Tómese un aguardiente y verá que le nace un sol».

El ulular de los búhos hace coro con el viento helado de la noche y el runrún de los camiones que pasan de largo. Los pájaros celebran el nacimiento de una nueva hoja en un árbol tardío. A lo lejos, las guitarras de la cantina y un grito en la calle que sentencia: «¡Que lo perdonen los perdonadores! ¡Que lo perdonen los perdonadores!». El grito se aleja. Ahora Isa escucha pasos que se acercan. Las botas de Papá.

TRES

Papá dice: Abre. No parece una orden. Ni siquiera alza la voz un poco para que las palabras atraviesen la puerta, para que no reboten y caigan encima de la mesa tocador, junto a la comida fría. Bere la dejó allí a propósito, como evidencia de la grosería de Isa, de los cuidados esporádicos que, a pesar de todo, tiene con ella. La niña creció: ya sabe hacerse los días sola entre gente borrosa. Bere la trata como a un traste viejo que no tira porque más adelante servirá para algo. Es la niña del dueño, hay que darle de comer, hay que pedirle que coma. Hace unos años, Papá le pagaba a Bere por vestir a Isa pequeña, por ayudarle a hacer las tareas y llevarla a la escuela, le pagaba por darle arroz y agua, más no por prestarle atención. Revisar una suma o un dibujo era lo mismo que probar la sopa a ver si le faltaba sal; Bere era insípida, seca, pero responsable. También debía comprarle ropa con plata del Hotel: sudaderas de algodón y camisetas blancas, el uniforme de andar por ahí. Ahora no le da mucho trabajo: servirle la comida, como a los otros huéspedes, y ponerle quehacer de vez en cuando. Papá dice: Abre. Ahora que lo tiene cerca, no sabe qué hacer. Se concentró de más en el deseo y no pensó en qué iba a decirle cuando regresara. ¿Cuánto tiempo pasó? ¿Dónde estaba? ¿Se irá de nuevo? Mira los bocetos de las casas y el dibujo del pastizal, al que ya añadió más árboles, mariposas, montañas, nubes y un sol con puntas, bien pintado. Pero la casa aún es un cuadrado gris.

Como él casi nunca está, ella siempre dobla el día para entregárselo justo antes de dormir: en la cama —mentalmente— le cuenta todo lo que hizo desde que despertó: caminar el pueblo de punta a punta, husmear por las ventanas de las casas, comprar pan dulce. Los malos recuerdos, no. No cuenta que una tarde —mientras Vargas compraba café molido— un borracho se le metió al baño de la cantina y le quiso levantar la blusa; ella lo mordió, lo escupió, agarró agua de la taza y se la echó en la cara. Salió sin mirar a nadie. Y es que, aunque el local es pequeño, al fondo, frente a la entrada del baño hay una máquina tragamonedas que hace de cortina. Ese mismo borracho se había quedado mirándola más de una vez. Pero ¿qué iba a hacer, decirle a Bere: Un borracho me mira? Qué va. Le respondería que nadie sabe realmente hacia dónde mira un borracho, con lo que Isa estaría de acuerdo porque mirar no es dejar los ojos encima de una botella, un cenicero, una niña. Además, nadie sabe si el borracho mira o se culpa o reza. Los hay borrachos con fe, pero este no, este es de los otros, entonces para qué decirle: Ese borracho me mira y me mira, lo juro, me mira. Parece un espejo. Tengo miedo. No, sabe que Bere respondería: Si no quiere que la miren, no salga. Y empezaría con el cuento de que debería irse con José, que ella tiene más tiempo, la podría ocupar en algo mejor por las tardes. Ya se lo ha dicho también a Papá, pero él mira a la niña y no dice nada, no cede. Por eso las señoras se alargan en palabras cuando él no está: dicen que es tacaño, que no le gusta deber favores y que no soltaría ni un peso para Isa. No es Papá, es el Hotel quien la alimenta, le da techo y quehacer. A ella no le importa, las escucha tras la puerta y a veces se deja ver. Y las señoras: Niña, deje de comer viejo.

Isa tampoco recuerda junto a él que la recepcionista falta o llega tarde, pero cobra lo mismo; que Gil llega trasnochado, de mal genio y hace todo de afán; que Bere apareció con otro trasto viejo: una silla mecedora. Poco a poco ha ido trayendo cosas de su casa, dejándolas donde Papá pueda verlas y apreciar el esfuerzo que solo ella hace por el Hotel. Él se limita a contar monedas y billetes frente a la puerta de salida. Cada vez saca más y más dinero, sin decir para qué, sin traer almohadas nuevas, platos, ambientadores para las habitaciones. Los camioneros y los vendedores, aunque toscos y tacaños, se irían sin pensarlo a otro lugar. Últimamente se quejan del agua, que no sale tan caliente; de la comida, que otra vez lentejas; de las sábanas, casi transparentes. El Hotel cada vez más parecido a la iglesia: se sostiene de puro milagro.

Abre, dice Papá. De tanto estar allí metida siente el baño más pequeño, como si cada día las paredes dieran un paso hacia ella. Estira la mano y abre: una rendija por la que apenas cabe la mirada. Descubre una cuchara en el bolsillo de la camisa de Papá, que empuja con sus botas sucias para terminar de abrir la puerta. Entra, la cara cansada y los ojos a reventar. En la mano, una taza de avena muy caliente. La sopla a cucharadas. Si fuera para él, a lo mejor soplaría la taza completa, pero frente a ella parece haber olvidado cómo se hace —o nunca supo—, así que sopla lo que cabe en una cuchara, luego lo deja caer en la taza y agarra otro poco. Isa mira como si en cada soplo él dejara una respuesta o al menos una palabra pequeña.

Papá se arrodilla frente a ella, cuchara en mano. La niña dice:

—Tengo un duende por dentro.

Papá ni dice ni cambia de expresión. Sumerge la cuchara en la taza y la levanta con hojuelas que parecen peces listos para entrar al cuerpo de Isa, peces que no saben que hay un duende allí dentro. Isa le mira las manos, la tierra entre las uñas, cicatrices de unos pequeños cortes que ella no conocía. Él no pregunta por qué tiene dos cáscaras que le cubren las palmas, qué le pasó. Isa confunde ese desdén con sabiduría, con pericia: Papá lo sabe todo. Pero otra voz se asoma adentro y dice: No, no sabe, no ha preguntado, ¿para qué? Se hace cargo de Isa como quien cuida una gata sucia que se quedó sin dueña: le pone comida y le deja un pedazo de cama. Luego vuelve a meterse dentro de sí. No puede echarla; dejarla ir sería demasiado esfuerzo, volvería más apegada. Que se quede por ahí, rasguñando las paredes. Solo si se pone mala, si se enferma, voltea los ojos para mirarla un momento.

La cuchara se abre paso. No le gusta el sabor, pero Isa traga sin chistar. Se llena pronto, aunque no haya comido nada desde hace un par de días. Cuando estaba pequeña creía que la comida se acumulaba dentro, que poco a poco su cuerpo se iba llenando: primero los dedos, pies, tobillos; la comida se almacenaba como si la niña fuera el contenedor de un camión; así, zanahorias, manzanas, papas y acelgas se quedaban dentro, llenaban las rodillas, el ombligo, el pecho… Y pensaba que, cuando la comida le llegara hasta la cabeza, moriría. Ahora sabe que no funciona así, pero se siente llena, pesada, como si la avena le llegara hasta los ojos y entonces le quedara poco tiempo. A lo mejor es el duende, que, gordo, ocupa mucho espacio. El duende, el culpable del cuerpo malo.

Tras la última cucharada, Papá se levanta, abre la llave de la ducha —agua caliente—, sale y cierra la puerta. Otra vez sola en su casa, que es el baño. Su hogar dentro de la habitación se llena de un vapor que la borra, pero ahora es diferente: afuera está Papá, que se quita las botas, las llaves, papeles, medias, la ropa; no se baña, no se cepilla los dientes, no dice hasta mañana. Se acuesta. Ronca mientras Isa se baña con agua caliente como la taza de avena.

Papá solo existe dentro de él. Isa cuanto más jala, más aprieta el nudo entre los dos. No logra abrirlo. Nunca lo ha visto sonreír, tampoco enojarse y mucho menos cantar. Solo escucha boleros acústicos en un reproductor de música que carga en el bolsillo. Cuando lo encuentra entre esa música simplona, Isa canta bajito y simula lidiar con algo al otro lado de la cama, un collar roto, un portaminas de esos que no tienen arreglo. Canta bajito hasta que él se da cuenta y apaga la canción que estaba por terminar y sale de la habitación dejándole las palabras vestidas, en el aire, palabras que caen como un pájaro roto. Ella cree que es por su voz y por su barriga, por lo que le sobra.

Antes de acostarse, Isa agarra la camisa, los jeans viejos, sucios, llenos de cadillos; olfatea todo: sudor, pasto y cemento seco. Encuentra papeles en los bolsillos, nada revelador. Se acuesta junto a él, la lluvia la arrulla, comienza la tarea de meter en la noche lo que pasó mientras él no estuvo.

El amanecer enciende la luz, el naranja que brota de las montañas aparece para revelar un mundo en el que los gallos tienen diálogos interminables, las frutas se pudren entre las raíces de los árboles, las babosas de la era se comen las lechugas —cuando hay— antes que los huéspedes del Hotel. En la habitación, la voz de Papá al teléfono la despierta:

—Traigo los ojos brutos. Hace dos días. No, la cabeza no. Bueno. Gracias.

Papá cuelga y se mete al baño. Isa se levanta, se pone zapatos y sale de la habitación agarrándose el pelo. Buenos días a la recepcionista —que tiene más cara de dormida que ella—, coge la escoba y el recogedor que Bere esconde tras la puerta del zaguán y se pone a barrer la entrada, la acera. A esa hora, una hilera de personas hace lo mismo junto a la puerta de su casa o su negocio. No todos los días recogen la misma cantidad de basura ni de historias; los días fríos, la lluvia aplaca el polvo y la voz, casi nadie habla más allá del saludo, temen que el calor del cuerpo se escape por la boca. Pero los días traídos por el sol, la gente amontona el polvo junto a la casa vecina. Temprano, pero nunca antes del amanecer, se hacen parejas de gente sin bañar que se cuentan historias por partes: la historia que comienza el lunes termina el jueves. La gente se prepara para servir a los que van de paso. No es como los pueblos redondos con parque y biblioteca donde por momentos parece que se detiene el tiempo. La cantina es lo más parecido, pero allí no se detiene el tiempo, se pierde.

El día que Vargas amaneció sin escoba, Bere le prestó una del Hotel y le contó la historia de cuando ella era joven y tenía citas y se escapaba de fiesta con las amigas, todas con la boca pintada de rojo, menos ella. Isa escuchó desde el zaguán que a Bere y a su hermana no las dejaban salir, por eso se escapaban, tarde, cuando los papás se metían a la cama. Un día la fiesta se alargó tanto que llegaron a la casa de madrugada. Cuando estaban por entrar, escucharon a la mamá acercarse a la puerta, Bere agarró la escoba que guardaba tras unas plantas en el zaguán, la hermana hizo lo mismo con el recogedor, y cuando la mamá abrió la puerta:

—¿Ustedes qué hacen ahí?

—Barriendo —respondió la hermana.

—¿A esta hora? ¿Tan arregladas?

—Barriendo, porque vamos pa' misa —respondió Bere.

La mamá sin mayor gesto les dijo que se apuraran, que ella también iba para misa. De ahí en más, les tocó madrugar hasta que la señora se murió.

Isa junta el polvo de la acera del Hotel con el de la cantina, y Vargas lo recoge. Desde el frente, Hija Cristina los mira hace un rato. Todas las mañanas, mientras la gente barre, ella cuenta las casas del pueblo, pues tiene un sueño recurrente: casas enteras desaparecen, alguien las arranca y las esconde. Teme que un día desaparezca la suya, con la prima y ella adentro. Ya todos se saben el cuento del sueño, por eso Vargas no le pregunta qué hace por ahí tan temprano, sino que le da los buenos días. Hija Cristina no responde, se queda mirando a Isa, y habla:

—Te veo: barres, paras, miras pa' dentro. Barres, paras, miras pa' dentro. Y luego barres, paras, miras pa' dentro.

La voz de Hija Cristina le suena diferente, cuando la escucha desde la habitación le parece más triste, y no sabe si es por la hora, porque la tiene al lado o porque al atravesar las paredes del Hotel el grito llega arrastrando otros dolores. Aunque es la primera vez que se le acerca tanto, siente que la loca de verdad la puede ver. Decide y se confiesa:

—Tengo los ojos brutos.

Al decirlo, Isa se frota los ojos y después se agarra la barriga, se pone de cuclillas mirando el suelo, resopla. Mira al cielo sin sol. Hija Cristina se asoma sobre ella como si fuera una taza de chocolate: da un par de vueltas alrededor de ella, la huele, busca detrás de las orejas, se asoma sobre sus ojos y allí se queda un rato.

Luego dice: Tiene maldeniña.

Y sigue contando casas: Cinco, seis, tiene maldeniña, siete, ocho, maldeniña, nueve, diez, tiene maldeniña.

Vargas ayuda a Isa a levantarse, dice que no le crea nada, que ella es buena loca pero mala doctora, que lo mejor es que vaya al hospital del pueblo del lado. Isa agarra escoba, recogedor y desaparece tras el zaguán. Vargas entra a la cantina a deshacerse del polvo.

*

Las estrellas, de día, son casas de las que salen niños recién bañados, listos para las clases. Salen a la hora de los cantillos. Los niños se desgranan por las puertas, caen, andan por las aceras, se van juntando conforme se acercan al colegio. Una marcha de semillas bajo el aplauso de las hojas. Isa no hace parte del desfile. Cuando decide ir, llega tarde, y antes de entrar los mira por la ventana: el salón de clase, un campo de girasoles; el profesor, el sol. No se siente como ellos; su curiosidad está en otra parte. Hoy ni siquiera se bañó, nomás se echó el gel de Papá y se hizo una cola de caballo. El uniforme arrugado, los zapatos opacos, pero en el cuello un collar con cuentas de plástico.

Piensa desde afuera en esos niños inútiles, incapaces de hacer cualquier cosa, salvo ir solos al colegio porque queda cerca, al final de la calle que da a la montaña. No, no se siente ni quiere ser como ellos. Da media vuelta. De salida se encuentra a Dora en el corredor, que intenta cerrar el morral atiborrado en el que carga, entre otras cosas, el uniforme que le exigen usar dentro del colegio. Ahora va vestida de vivir bueno. Isa la ayuda a cerrar.

—Volviste —dice Dora.

—Y ya me voy.

El cuerpo llega antes que las palabras. Isa supo que pasaría el día con Dora apenas la vio. Sí, para no ir al colegio, pero también para escucharla y aprender de otra a la que también se le riega algo. ¿Qué pasa? ¿Está a punto de hacer una amiga? Pero si Dora no es de su edad, o justo porque no es de su edad la ha empezado a considerar una amiga. No confía en las niñas; son débiles e infantiles. En cambio, Dora le cuenta que madrugó más y dejó todo limpio en el colegio, que debe irse antes porque hoy es día de hacer ají.

Afuera las nubes tapan el sol. Ese cielo blanco les hace achicar los ojos. Isa le ofrece ayuda con lo del ají y Dora acepta sin preguntar mucho: trata a los niños con más respeto que a los adultos, por eso no los delata cuando se quieren escapar del colegio. Al contrario, los ayuda tanto como cuando le piden que les explique las operaciones matemáticas. Dice que, de ambos problemas, algo aprenderán. Las dos ven a dos niños escurrirse con sus loncheras por el corredor, hacia la salida de atrás, y Dora solo dice: Hoy, algo aprenderán. Entonces Isa le pregunta:

—¿De qué aprende una que vive sola?

—Del monte, los árboles, las montañas —se le ocurre a Dora. Y le propone dividir tareas: Isa debe ir por los ajíes al mercadillo mientras ella prepara en su casa los demás ingredientes.

—Vivo al frente de la casa de Virginia —le recuerda. Empuja la puerta, que siempre está ajustada.

Isa se va primero, con la palabra ají en la punta de la lengua. A esa hora el canto de los pájaros está sobre las diez o las once. Isa no tiene más reloj que el sol.

En el mercadillo no hay ají, pero le dicen dónde encontrarlo: a media hora andando, como quien va para el pueblo vecino, hay una casa naranja, justo al borde de la carretera. Allí vive una señora que tiene varias matas de ají. Que le pida a ella, le dicen. ¿Media hora? ¿Y si mejor olvida el asunto del ají? Nunca ha caminado sola por la carretera; es valiente, no tonta. Pero no puede hacerle eso a su amiga, a la única. Si existiera un manual de la amistad, diría algo como: No dejes nunca a tu amiga con los ingredientes listos. No, no puede ser tan específico, más bien sería algo sencillo pero inquebrantable: Cumple lo que prometes. Es verdad que antes de la conversación en la cantina no había intentado acercarse a Dora. Ella, tan ocupada; ella, que sabe tanto y nunca se enoja cuando los niños le hacen preguntas bobas; no, no creía que ella le fuera a contar sus secretos. Y además está lo de la edad: debe tener veintitrés o cuarenta y dos. Pero ella ha visto parejas más raras en las cantinas: señores con muchachas jóvenes que hablan y se ríen y toman aguardiente hasta tarde, y que no son familia, eso es importantísimo. Si son familia ya no cuenta.

Cumple lo que prometes. Ají. Cumple lo que prometes. Ají. Señora de la casa naranja. Ají lo que prometes. Cumple. Así va con las palabras revueltas, con miedo. La carretera más sola que de costumbre. Camina bajo árboles que en la copa se juntan formando un túnel de hojas; parecen viejos agarrados de las manos. Al rato se da cuenta de que la sigue un perro. Es la primera vez que deja —sola— el pueblo. Aunque esté cerca, le duele la barriga y siente más miedo que libertad. Qué palabra más pesada esa, libertad. O más bien qué diferente es para ella, que se siente más libre adentro que afuera.

Camina y camina. Hace un rato que dejó de ver casas. El paisaje ahora es un pastizal entre montañas. El perro ya no está, se adelantó, pero le parece ver que alguien sale, más adelante, de la derecha, del pastizal, y camina en dirección a ella. Pero si a la derecha no hay casas ni nada: pasto y árboles y tierra y más allá montañas. No tiene que esperar mucho para darse cuenta de que es Papá. Ahora le da miedo un regaño, no debería andar por allí sola. Ella acelera; él sigue caminando a paso tranquilo. Isa espera tenerlo más cerca, que la mire a los ojos. Papá sigue derecho. Pasa junto a ella y sigue derecho. No se detiene, no habla, no la mira. Isa, congelada, de cara a la carretera, dice sin pensar: Papá…

Las manos caídas, como si la jalaran desde abajo. Primero mira al cielo; no busca lluvia, sino respuestas. Luego gira y lo ve desaparecer tras la curva. No piensa antes de meterse al pastizal a deshacer los pasos de Papá. Da zancadas con fuerza, hasta que no muy lejos de la carretera encuentra a un perro muerto, no el perro de ahora, sino otro, ya podrido. Quiere vomitar, regresa, como puede vuelve a la carretera con la ropa llena de cadillos y el olor a tierra que Papá deja siempre junto a la cama. Se arrodilla y tose, se agarra la barriga. ¿A qué viene Papá aquí, si ni palos de guayaba hay? No es más que un potrero de maleza y pantano, un lugar horrible. ¿Por qué Papá nunca me ha traído, por el perro muerto? ¿Habrá más? ¿Un cementerio de perros? El que sale más adelante y se echa en mitad de la carretera no parece muy muerto. Isa se levanta y anda por el camino paralelo a la carretera destapada, no se atreve a tocar el pavimento, aunque no ha visto un solo carro. Solo al perro, que la mira despanzurrado, sin miedo.

Isa camina agarrándose la barriga, por un rato se olvida del ají, piensa en Papá y le duele la barriga. El perro la adelanta y se echa —de nuevo— en mitad de la carretera, hasta que ella lo pasa, y él se levanta y hace lo mismo, una y otra vez. No sabe hace cuánto se cumplió la media hora, pero encuentra una casa naranja atiborrada de geranios, casi todos sembrados en ollas viejas y baldes de pintura. Toca la puerta y espera. Las paredes de la casa naranja son blancas. El naranja está en la puerta, y en una ventana de madera con chambrana, un intento de balcón de primer piso, que al asomarse no deja ver mucho porque hay plantas colgadas, muy juntas, como si no hubiera más espacio donde ponerlas. Y abajo, sobre dos pilas de ladrillos, un tablón; sobre el tablón, los geranios. Isa arranca un trébol de una matera, lo mastica, intenta mirar por la ventana, nada. Solo el viento y el graznido de unos patos que presiente cerca. Se cansa de esperar y va a la parte de atrás de la casa, donde encuentra un lavadero, un huerto y varias matas de ají. No tiene ánimos de esperar más a que la dueña aparezca, entonces busca un balde en el lavadero y arranca uno a uno los ajíes, llena la mitad. Sale cargada, apenas comienzan a arderle las manos, nadie le dijo que no tocara los ajíes, pero no hay tiempo de lamentarse. Si la dueña regresa parecerá una ladrona, así que echa a andar por la carretera, tras ella el perro que ahora la cuida más de cerca.

Hasta que entra al pueblo. De allí se devuelve andando bajo el sol.

En casa de Dora, mientras pelan los ajíes, piensa en cómo hablarle a Papá. Qué le va a decir: ¿No me viste? Abandona esas preguntas de una sola respuesta. Además, tiene una amiga que la invitó a su casa, a su cocina, que es más grande que la del Hotel, con más ollas y frascos llenos de especias. El ají no tarda en ponerles las manos rojas, la costra no alcanza a protegerla del picante, el ardor que empezó en la casa naranja se pone más fuerte. Dora ya está acostumbrada, pero el desespero de Isa es tanto que la lleva al patio, cava un hueco pequeño y le dice que meta las manos allí, entre la tierra, que eso refresca. No solo dejan de arderle las manos, también se va el dolor-dolor de barriga. Ahora las manos son un par de raíces, y ella, otra vez la flor. Dora entra y mezcla los ingredientes en voz alta: Agua, vinagre, tomate, cilantro, sal, cebolla larga, jugo de limón y ají; cáscara de ají, semillas de ají. Revuelve, con una mano sostiene la cuchara de palo, con la otra se presiona la sien. Le cuenta desde adentro —y ahora parece que la casa habla— que por las tardes le duele la cabeza, siente como pedradas, un zumbido y miedo por la paliza que le dio su primer esposo, que una noche las siguió a ella y a la hermana y las molió a golpes entre unos matorrales. La hermana murió. Dora estuvo en el hospital mucho tiempo, se curó de todo, menos de esos dolores. Del hombre no se sabe nada. Eso fue en un pueblo lejos. Ella dice que lo recuerda entre las pedradas, el zumbido, el miedo.

A Isa le gusta escuchar. No se siente obligada a responder ante las historias de Dora. Tampoco va a contar mucho de ella. Piensa si no le serviría a Dora enterrar la cabeza para calmar el dolor. Hay mucho que todavía no entiende y prefiere guardar para más adelante. A punto de llover, remueve la tierra, se arranca y entra a la casa. La tierra y algunas cascaritas de las palmas se van por el desagüe del fregadero. Entre las dos envasan la mezcla de ají en frascos que fueron de mermelada y los guardan en una canasta. Junto al mesón de la cocina encuentra un ají pequeñito y rojo, que envuelve en un pedazo de plástico y guarda para ella. Pronto pasarán por los frascos, dice Dora, para llevarlos al pueblo vecino, donde pagan mejor y se venden rápido. En dos días Dora tendrá la plata en la cartera.

Afuera no para de llover, pero Isa se lanza de nuevo a la calle. De camino al Hotel pasa junto a las casas que, para tranquilidad de Hija Cristina, aún no desaparecen. Ve un rosal, un gato gris, un viejo sentado junto a la puerta; cada casa con su guardián. Rara vez hay niños en un lugar que no sea el colegio, como si al salir de allí los guardaran en un cofre hasta la mañana siguiente.

*

Con la noche y la luna menguante llega la neblina. Isa entra al Hotel, donde la recepcionista rellena crucigramas. Hay un silencio extraño, como en la carretera. ¿O será que está muy cansada? Quiere lavarse las manos para calmar el ardor, y dormir. Busca a Bere en la cocina. Le pregunta por Papá.

—Está donde José.

—¿Papá donde José?

—Eso dijo ella. Vino por comida para los dos.

Papá nunca visita a su hermana. Y cuando ella arrima por aquí, si acaso la saluda. No le cobra la comida, pero la evita, igual que Isa. Mejor lo busca ella misma, aunque le ardan las manos y le duela la barriga y le pesen los ojos. Los ojos. A lo mejor él fue por un remedio que ella también necesita.

Sale por la puerta de atrás, para un momento en la era: remueve la tierra de las coles y entierra las manos un poco. ¿Por qué se siente tan bien? ¿Lo mismo sentirán los geranios? ¿Las coles? Bere es una mentirosa. Las coles no se estancaron; al contrario, parecen pavas reales reclamando atención y espacio. Grandes, tres pájaras sin jaula que con el pasar de los días se estiran, se elevan al cielo. A Isa le parecen incluso más lindas que cualquier flor.

De noche la calle parece otra, dislocada, como si al bajar el sol las casas se elevaran por los aires y cayeran al revés. No importa que el pueblo sea corto, de noche Isa confunde las casas; si no fuera porque la tía José vive frente al colegio, tocaría la puerta equivocada. Hace frío, la espesura del cielo, el canto de los grillos, el silencio de algunos pájaros que ahora duermen. Toca la puerta, que al estar ajustada se abre sola y deja ver una sala entre sombras: un sofá, una mesa bajita. Más allá un comedor redondo de dos puestos, y en la pared una repisa pequeña con una Virgen. La sala da paso a un corredor ancho del que se desprenden: un patio pequeño, y frente a este la cocina; luego la habitación de José, y al frente la de invitados, que también es cuarto útil, clóset, bodega. Ha estado en la casa de su tía pocas veces: cuando pasaba algo en el Hotel y no tenían con quién más dejarla o cuando Papá se ponía enfermo. Esos ratos los soportaba porque el esposo de la tía era simpático sin esfuerzo, le contaba historias y le enseñaba álbumes de animales salvajes, insectos y peces. Si aún estuviera, lo convertiría en su amigo, como a Dora. La casa no ha cambiado mucho, pero a simple vista echa de ver que el comedor ya no está. En su lugar: una pecera mediana, oscura, con patas de madera y seis peces tristes dentro.

—¡Viniste! —dice José al salir de su habitación y encontrársela en la puerta. Se deshace en abrazos que Isa soporta gracias a la pregunta que le hará:

—¿Y Papá? —dice mientras escapa del abrazo como una gata.

—Se fue. Vino por plata, pero ya se fue —responde José.

—¿Adónde? —pregunta Isa encaminándose a la puerta.

—Y yo qué sé. Vino a que le prestara plata, no a visitarme. Pero ven, te enseño tu cuarto. ¿Trajiste ropa? —responde ajustando la puerta de nuevo para que la niña no se le vaya.

¿Ropa? Hay que ver la facilidad que tiene su tía para armarse planes. ¿Y cómo que su cuarto? Por curiosidad no se marcha. Ahora es José quien la lleva de la mano hasta una habitación y enciende la luz. La casa entera huele a tinte de pelo. José tiene las manos rojas y el pelo entre un gorro de baño azul. Le enseña el cuarto a Isa como si quisiera rentárselo, como queriendo vender algo.

—Esta es tu cama, grande, solo para ti. Dos cobijas. Aquí tu clóset, grande también. La parte de arriba está ocupada con sábanas y tendidos. Pero lo de abajo es todo tuyo. Una mesa de noche, una lámpara, a ver si funciona, sí. Estos cuadros, para afuera. Me los llevo, así buscamos unos que te gusten. La ventana da a la montaña. Si te da miedo, pues no la abras. Qué más, qué más. Ah, el baño queda afuera. Ese sí lo compartimos. Puedes usar todo lo mío. Vas a ver que tenemos muchas cosas en común. Ay, niña, tienes sueño. Acuéstate ya si quieres y mañana seguimos.

José se marcha dejando la puerta cerrada y a Isa en la habitación, junto a la lámpara. Ya no es un cuarto útil, clóset, bodega, como lo recordaba, sino una habitación por lo menos decente. Al quedarse, siente como si acabara de pagar por una noche de hotel, pero en vez de plata dio un sí mudo. Cansada, no recuerda haberse sentido así antes, con el cuerpo como un ramo que olvidaron meter en agua. Vuelve a sentir los ojos brutos y el dolor de barriga aumenta. Aunque ya no le ardan las manos, cómo quisiera meterlas en tierra en este momento. José olvidó explicarle cómo usar una habitación propia, cómo dejar de dormir en media cama. O mejor: cómo dormir en una cama sin Papá. Muchas veces, cuando él no está, Isa solo cierra los ojos y se concentra en la música de la cantina. No duerme profundo hasta que él llega. Por la ventana no se ve nada, pero entran el canto de los mismos grillos y el cuarto de luna. También una melodía que viene de afuera, algo que nunca pondría Vargas en la cantina. Esa música ajena la enfría, la chuza y la muerde. Qué lejos está de Papá, de la habitación.

No trajo nada con ella, en el bolsillo nomás el ají rojo envuelto en plástico. Lo mete al clóset, se quita los zapatos y se acuesta en la cama con ropa. Quisiera bañarse con agua caliente, pero prefiere esperar a que amanezca y marcharse al Hotel, bañarse allí con sus dibujos y recortes y sus miedos. Está tan cansada que le cuesta quedarse dormida. La música de afuera se le clava en la barriga, la hace sentir sola-sola-sola. ¿Por qué no puede ver a su tía como a una amiga, como a Dora? Es verdad que tienen cosas en común: las dos andan solas, las dos han vivido con Papá; la tía, cuando era pequeña, y ella también. Hace un esfuerzo por encontrar una tercera cosa en común, pero se duerme.

Amanece. El sol llega para despertar todo lo que nace y muere entre las montañas. El polvo en las casas, regalo de la carretera, espera a ser sacudido más tarde, después del desayuno. La despierta un coro de niños que cantan *la lechuza, la lechuza, hace shhh, hace shhh, todos calladitos, como la lechuza, hacen shhh, hacen shhh*. Si los niños están llegando a la escuela, ya Hija Cristina pasó contando las casas, y las aceras ya están limpias. Abre los ojos, tiene la cabeza donde van los pies y los pies en la cabecera. Dio vueltas como quien busca y espera. Durmió sola, sin Papá: se siente culpable, como si le hubiera mentido, como si lo hubiera cambiado por otro Papá o por una tía. El duende se revuelca por dentro, la obliga a acurrucarse entre las cobijas, a pedir perdón. Se calma con el canto de los niños que no dejan de cantar *hace shhh, hace shhh*.

En casa ajena no siente el impulso de pararse a mover cosas, ayudar en la cocina o revisar la huerta, de ganarse el día. Todavía tiene atravesada en el estómago la soledad de dormir en una cama que no es la de Papá. Ese espacio, solo para ella, le parece tan fantástico como aterrador. Sin cuadros, pero con una invitación a colgar lo que ella quiera. Si compra uno o si pinta un dibujo y lo pega en la pared, ¿tendría que quedarse más tiempo?

Se pone los zapatos, se asoma a la ventana y encuentra una montaña que la mira: se siente pequeñita, como de cinco años menos. No está acostumbrada a mirar para fuera apenas se despierta; el Hotel solo le ofrece el cielo que el ventanuco deja pasar. Escucha los pájaros y entre ellos las voces de los niños del colegio que aprenden a deletrear. Qué alivio no estar allí, ni aunque viviera al frente volvería. Piensa en Dora, sabe que puede llegar a su casa con ajíes y pasar la tarde escuchando esas historias que cuenta, tan parecidas a las que escucha en la cantina. Le contará que no quiere vivir con José, le preguntará cómo hacer para que Papá no se vaya, no se desaparezca, le hablará del duende y de los dolores, de lo que dijo Hija Cristina: Maldeniña, maldeniña. Le pedirá que juntas hagan un remedio con tierra y plantas para curarla. Le dará a cambio todos los collares que tiene y le hará un dibujo.

José no está. Entonces, deambula por la casa, encuentra en el mesón de la cocina un mensaje, junto a una manzana: Estoy en el almacén, vuelvo más tarde. Con el hambre que tiene se comería la manzana con mensaje y todo. La muerde. Abre los cajones de la cocina: cajas de harina, pasta vieja, azúcar. No más. En la nevera: manzanas, una bolsa de pan tajado, una jarra de agua. Termina la manzana, tira la nota y entra al cuarto de José. La casa es aburrida, y está sucia, pero tiene lo que el Hotel no: recuerdos. En la mesa de noche de su tía encuentra fotos, cajas de pastillas, una linterna, recortes de periódicos con peinados y colores de pelo. Recortes, la tercera cosa que tienen en común. Pasa la mañana abriendo cajones. No encuentra fotos de ella, pero sí una de Papá con José; sabe que es él porque abajo están los nombres, pero parece un señor cualquiera porque sonríe. Encuentra maquillaje: una paleta redonda que se abre como un cofre y dentro tiene sombras y pintalabios en crema. Nunca se ha pintado sola: fueron las malqueridas las que una noche la dejaron peinada y con los cachetes rosados, una noche en que ni Papá ni Bere estaban, e hicieron un reinado en el patio del centro del Hotel. Ellas, que ya venían listas, solo se untaron más pintalabios. En cambio a Isa la peinaron, le hicieron una cola alta y apretada que la dejó atontada. Nunca la habían peinado, y aunque le dolían los ojos y las orejas, le gustó que el pelo le colgara de lo más alto de la cabeza. Le pintaron los ojos, los cachetes y los labios. Le prestaron ropa y tacones. Ninguna de ellas le dijo que le sobraba algo, que tenía un cuerpo malo, todo lo contrario: Qué hermosa, mira qué niña, da media vuelta, serás la reina. Desfilaron todas entre los anturios mientras en la cantina sonaba *Siempre que te pregunto / que cómo, cuándo y dónde / tú siempre me respondes / quizás, quizás, quizás*. Las malqueridas caminaban tan seguras, tan dentro de ellas, dueñas de sus pies y sus zapatos, que Isa no paraba de mirarlas, quería ser como ellas, tener sus pies. Los de ella los sentía torcidos. A veces el duende le bajaba hasta las rodillas y la hacía tropezarse. Ese día desfiló de última, sin caerse, y la coronaron con la hoja de un helecho mientras cantaban: *Quizás, quizás, quizás.*

Deja los cajones como estaban y se mete al baño, tan grande e iluminado, con olor dulce y toallas de colores. Adentro no sabe qué champú usar, siempre se ha echado el de Papá. La nevera vacía pero el baño lleno; no entiende a José. Ahora que el Hotel está medio vacío, que no hay plata para nada, o al menos eso dijo Bere, ¿dónde va a comer? Vivirá de manzanas, parece. Isa se echa de todos los tarros que encuentra. Pasa tanto allí metida que los últimos pedazos de cáscara de las palmas se van por el desagüe. Al cerrar la llave oye que entran a la casa, entonces la abre de nuevo. Deja el agua correr, pero se pega a la puerta y escucha:

—Se está bañando —dice José.

—Aquí va la ropa. No es mucha. Cómprale cualquier cosa para variar, que esa niña siempre anda con lo mismo —dice Bere.

—Tranquila, mija, que yo la arreglo —responde José.

Bere dice que se tiene que ir, que no puede perder tiempo porque el Hotel anda mal, tanto que Gil, la recepcionista y ella decidieron empeñar algunos televisores de las habitaciones del fondo para pagarse el sueldo.

—El Papá de Isa se hace el sordo y ya casi nunca está. Nos dejó ese muerto a nosotros.

—Mi hermano se embobó. Estos días no ha hecho más que pedirme plata prestada. Le di lo que quería a cambio de que me dejara a la niña.

—Ah, se la compraste.

—No digas bobadas, que es como hija mía también.

—Sí, como sea, favor que nos hiciste.

Cuando Isa sale del baño, Bere ya no está. José la sofoca con abrazos, le zampa besos en las mejillas —la deja roja—, le entrega una caja pequeña con cositas que le trajo del almacén y una revista para que recorte y pegue lo que quiera en su habitación. ¿Mi habitación?; nunca ha pedido una, no la necesita. Lo que Isa quiere es la suya con Papá, que él le deje pegar lo que quiera en la pared. ¿Y por qué no se va de allí? Debería agarrar sus cosas y dejar a esta señora que solo la quiere de adorno. Tan vieja y no es capaz de aguantarse. Isa, ella misma, es toda una soledad y no anda persiguiendo a nadie para que la quiera. Puede que Papá no esté nunca, no le hable, no la mire, porque anda en sus cosas, pero al menos no tuvo el gesto egoísta de criarla para que ella lo quisiera.

Es la primera vez que le dan una habitación, y en una casa, pero su curiosidad se agota. Se siente prestada a una señora y a un espacio en el que no encaja. Tiene ropa nueva, revistas para recortar, una caja con quién sabe qué. Aun así, no se halla, como si la habitación misma quisiera vomitarla. Y ella, pasmada, dejándose llevar por el viento que es José, quizás con la intención de tentar a Papá para que venga por ella, que la reclame. Pero no aparece. Ha llamado cinco veces al Hotel y no está. Papá no está y ella tampoco está, ¿para qué volver sin él? Tampoco va a quedarse con su tía. Que adopte un perro si tantas ganas tiene de ponerle comida a alguien para luego marcharse todo el día. Llama de nuevo al Hotel y la recepcionista le dice que no llame más, que él no ha vuelto, que debe estar ocupado haciendo negocios o buscando nuevos muebles para el Hotel, porque se llevó la mesa de noche de la habitación. Isa sabe que no es cierto, que Papá jamás ha mandado hacer nada para el Hotel, todo ha sido comprado de segunda, baratijas o sobrados de otros.

Al atardecer, cuando José regresa del almacén y abre la puerta, Isa sale de la habitación, atraviesa el corredor y sale de la casa sin siquiera mirar a José, que le grita: ¿Adónde vas? Miniña, me echaron del almacén, están cerrando los negocios, no hay huevos en ninguna parte, pero conseguí pan dulce… La niña sigue caminando en dirección a la cantina.

CUATRO

Las calles vacías, silenciosas. Negocios cerrados, otros con la reja hasta la mitad. El viento arrastra las hojas secas de los árboles hacia las aceras de las casas: trabajo para el día siguiente. En la cantina, solo dos mesas ocupadas: en una, Virginia se toma una soda; en la otra, junto a la puerta, un camionero bebe café. La música no se oye más allá de las paredes, como si, a falta de mercancía, Vargas hubiera empezado a cobrar por cada punto de volumen.

Y es Vargas el que entra por la puerta trasera, sudado y con la ropa entierrada. Isa le pregunta por qué está tan sucio, y él, antes de responder, saca una cajita de leche de fresa y la deja en la mesa en la que la niña acaba de sentarse, entre Virginia y el camionero.

—Es la última —dice Vargas.

—¿Por qué no hay nadie aquí? —pregunta Isa.

—¡Eh, que estoy yo! —contesta Virginia.

El camionero no dice nada.

Isa quiere sonreír, pero le sale una mueca, un intento de mostrar los dientes. Virginia apoya la cabeza en la mano derecha, con la otra agarra la soda, y los mira. Tiene una arruga honda en el entrecejo, la de matar los pollos, supone Isa. La impresión de la muerte. O a lo mejor un mal recuerdo. Tiene también un pantalón de licra negro y una camiseta blanca manchada, untada de pollos muertos. Siempre pasa por la cantina después de la matazón, cuando deja a los pollos para que se congelen en las cavas, entre canastas y hielo. En la cantina bebe aguardiente, canta, se perdona y vuelve a encerrarse en su casa.

—Por el paro, ahora sí es verdad que en este pueblo no pasa nada —dice Vargas quitándose un delantal que algún día fue blanco.

Isa piensa en Papá: ¿será que se quedó atrapado en alguna parte? Y luego:

—¿Qué es un paro?

—Cuando los camioneros se plantan pa' que el Gobierno deje de ignorarlos y les cumpla lo que les prometió. ¿Cierto, don Leo? —dice mirando al camionero que aún no termina el café y responde con un: Mmm, más o menos eso mesmo.

¿Eso quiere decir que, si ella se plantara y no volviera al Hotel por varios días, Papá dejaría de ignorarla? ¿Se sentiría solo como ha de sentirse el pueblo? ¿La buscaría y la ayudaría a bañarse?

—Entonces yo también voy a hacerme un paro —dice Isa.

—¿Cómo es eso? —dice Vargas entre una carcajada.

—Pues no vuelvo al Hotel hasta que Papá aparezca —replica Isa, y cruza los brazos mientras bebe de la caja de leche.

—Oiga, Vargas, ¿la música, qué? No oigo nada.

Y Vargas la sube para que Virginia escuche mejor. *La mula que yo ensillaba / la ensilla mi compañero / el consuelo que me queda / que yo la ensillé primero / ¿Qué dice amigo? / No digo nada.* Y Virginia canta fuerte el *no digo nada*, como si tomara aguardiente y no soda.

Vargas camina hasta donde Isa para que lo escuche bien.

—Niña, pero si a usted todavía se le ven los mocos. Le toca esperar unos añitos.

—A mí también me ignoran como a don Leo —responde Isa señalando al camionero con el dedo.

Y don Leo la mira por encima de la taza de café, pero no da señas de nada.

—Que le dé una lección al viejo ese. Fuego-fatuo. Nunca me paga los pollos al precio que es —interrumpe Virginia—. Al lado del galpón hay un cuarto desocupado, niña; se puede quedar ahí. Yo no le cobro.

—Hombre, Virginia, apenas es una niña —responde Vargas.

—Pues mejor, que aprenda de una vez. Una viene sola a este mundo y sola se va. Además, al viejo ese nadie lo ha vuelto a ver por aquí. Le debe plata a todo el mundo. De pronto así vuelve y se pone al día. Fuego-fatuo. Y además esta niña no tiene mamá. ¿Cierto que no?

—No tengo ni necesito. Pero Papá va a volver. Si hago el paro, él vuelve.

El camionero deja plata encima de la mesa y sale de la cantina en silencio, subiéndose un pantalón que quizás días atrás le apretaba. Vargas cuenta que don Leo se quedó atrapado en el pueblo con una carga de lácteos; todo se le dañó. Que él está de acuerdo con el paro y a la vez no, porque eso lo jode. Que las cosas no tendrían que haber llegado hasta ese punto porque no va a tener con qué pagar lo del mes. Y Vargas también dice:

—Como está la cosa, ninguno va a tener pa' surtir. Sin movimiento, no somos nada. No es sino que se den un pasón por la calle de encima: en las vitrinas de las carnicerías solo quedan muslos de pollo flaco, unos ñervos gordos y verdura picada en bolsitas. También algo de hueso pa' sopa. Las dos verdulerías del mercadillo se han ido quedando peladas. Tienen su reserva, pero a ver cuánto dura sin que tengan que ir al pueblo del lado. En la panadería espantan y en las tiendecitas de chucherías no se asoma nadie. Hasta las viejitas cerraron el almacén. Por eso voy a poner un chiquero. En el agro me fían todo porque aquí me deben hasta las canciones. Me oyó, Virginia: usted con pollos y yo con cerdos, podemos hacer negocio si quiere.

—¿Y usted como que adónde va a poner un chiquero? Fuego-fatuo.

—Pues aquí, en el patio de atrás. Hay una plancha de cemento buena. Ya la limpié y quité una mano de chécheres que tenía. Y de todas formas tengo que tener un plan pa' cuando pasen estas cosas. Si me va bien, ahora sí me consigo un ayudante. Mañana empiezo las canaletas y el techo.

El entusiasmo con el que habla del chiquero es el mismo con el que abre la cantina y pasa el trapo tres veces al día por la vitrina para desempañarla. Según dicen los grandes, el paro no durará para siempre, así que la cantina volverá a tener sus borrachos, sus malqueridas, manilargos, madres solas, sus locas, su maldeniña. Pero Vargas insiste. A lo mejor necesita hacer otra cosa. A lo mejor los borrachos ya no se dejan cuidar como antes, cuentan las mismas historias, se duermen en la mesa; en cambio, los marranos necesitan atención y comida y agua y más comida. Vargas quiere enojarse por cosas nuevas, la cantina se la sabe de memoria. En pueblos como este, el que no trabaje se muere de hambre y de aburrimiento.

El tiempo se estira o se encoge, según lo que pase; cuando hay paro se estira como un gato. Virginia también deja la plata encima de la mesa y se para frente a Isa volviendo a cantar: *¿Qué diiice amigo?* / *No diiigo nada.* ¿Vamos o qué? Isa se levanta y sale tras ella mientras Vargas, con el trapo entre las manos, las mira irse. Les grita: Ahí verán si me quieren ayudar a montarlo.

Camina rápido Virginia. En el pueblo saben que a ella no le gustan las niñas, pero una niña sola quizás sí, quizás le recuerde a ella misma, hecha también de ausencias. Isa le grita que ya va, que ya la alcanza. Y entra al Hotel. Apenas la recepcionista la ve, le dice: No, no ha vuelto. Y sigue rellenando un crucigrama. Entonces Isa da media vuelta, agarrándose la barriga, y corre hasta alcanzar a Virginia, corre con la impresión de que el Hotel es más grande, hay más espacio o menos cosas, pero en este momento eso no importa. Isa está en paro.

Virginia forcejea con la reja de la puerta. El pasador oxidado no lo hace fácil. Los perros del vecino ladran al oír el ruido, pero apenas ella les grita: Shhh, soy yo, los perros se calman y dejan en el ambiente el piar de los pollos y el canto de los grillos. Isa va tras Virginia con las manos en los bolsillos. Entran por un camino de pasto y piedrilla, el suelo mojado, pues llovió mientras estaban en la cantina. Aunque es de noche, hay nubes y una iluminación pobre: Isa puede ver la casa rodeada de geranios, todos rojos, flores orgullosas. Al lado derecho de la casa, paralelo a la calle, un patio con más plantas y canecas vacías. Junto a este, el galpón de pollos, y en la parte de atrás, el matadero.

Adentro, Virginia enciende la luz de la cocina de un manotazo: tiene una sala pequeña y una puerta, que imagina Isa es el cuarto de la señora. Prende el fogón para calentar una olla y le dice a Isa que afuera está haciendo mucho frío, y que el suelo está mojao. Que más bien se quede ahí en el sofá. Y el sofá, que sí parece muy cómodo por viejo, por hundido, porque tiene cojines deformes, no es lo que Isa quiere.

—Si duermo adentro ya no es paro. Tiene que ser afuera.

—Usted verá.

Virginia saca una carpa pequeña, una colchoneta, una cobija y una almohada. Isa tampoco quiere armarlo en el cuartucho al lado del galpón: que así no es paro. Entonces la arman junto a las matas del patio, sobre un plástico, en un pedacito que alcanzó a secarse. Isa se acomoda adentro: primera vez en una carpa. Le gusta, aunque no tiene paredes; no puede pegar nada allí, como en la habitación de Papá.

Virginia sale con una taza de lentejas calientes y una cuchara.

—Al menos coma. Ah, el baño está en la parte de atrás. No hay que entrar a la casa. Y los perros no hacen nada, ya la vieron conmigo.

Isa dice que gracias y en la entrada de la carpa se come las lentejas sin chistar. Asume que en paro es así. Aunque estas saben diferente a las lentejas aguadas de Bere. Y piensa en esa señora que se está robando el Hotel y que tiene olor a viejo, a guardado, como si escondiera dentro de ella cosas de las que se pudren con el tiempo. Pero eso solo lo siente Isa, porque más de una vez les preguntó a la recepcionista, a Gil: ¿No sienten ese olor? Y ellos: ¿Cuál olor? Ese olor, como a ropa mal secada. No. Debe ser que tiene la nariz llena de mocos, mocosa, decía Gil. Y entonces Isa se iba para la habitación y la arreglaba ella misma para que el olor de Bere no se le metiera a ella ni a Papá, ese olor que le sale por la boca, por los sobacos o quién sabe por dónde.

Si hubiera sabido antes que podía hacer un paro, seguro Papá sería diferente. Porque don Leo tiene cara de ser muy serio; si está en paro es porque funciona. Y se alegra de que exista esa forma de llamar a Papá. Y se entristece porque quisiera estar en la habitación con Papá. Igual que don Leo, que quiere hacer paro y también estar en su casa.

Y en la casa, Virginia enciende el televisor, que Isa escucha como un ruido lejano, pues los pollos y los grillos tienen más volumen. La niña pone la almohada un poco hacia fuera y se acuesta a mirar las estrellas, que salieron después de la lluvia. Huele a pollo remojado y a geranios. A tierra. A ropa sucia, pero no como Bere; el olor más bien le recuerda al borracho que se le metió al baño en la cantina, el borracho que una noche no tan borracho rentó una habitación en el Hotel y cuando Papá salió, él entró, cerró el cuarto y rompió a Isa. Y el borracho se fue, y volvió a verlo nomás en la cantina; cuando él llegaba, ella salía corriendo. Y Vargas le preguntaba que si le caía mal el señor, y ella que sí, y Vargas que a mí también, pero no puedo echar a la clientela. Isa hace todo por enfocarse en el olor a pollo mojado y geranios. Aprendió a no pensar en el borracho, porque cuando piensa en él se siente culpable por no defenderse como le enseñaron las malqueridas. Nunca les contó. Las habría decepcionado. Ellas, que tan valientes contaban sus historias, hablaban de cuántas veces habían tenido que defenderse con cuchillos, con jeringas incluso. Pero Isa no. Isa tenía un duende por dentro que no la dejó hacer nada.

El olor la lleva de nuevo hasta Bere, que un día le contó que las estrellas que no titilaban eran planetas, que lo había escuchado en la radio, pero para Isa todas las estrellas titilaban, y más porque cuando miraba p'arriba se le aguaban los ojos. Acostada de cara al cielo, las lágrimas le caen por la sien y se le meten a los oídos. Le parece que el piar viene de allí arriba y no de los pollos, que los cantos y ruidos de los animales por la noche son en realidad el canto de las estrellas, que suenan entonces como grillos, como pollos mojados, como ranas y pájaros cucú. Así va quedándose dormida, con la cabeza fuera de la carpa y las orejas como charcos.

Despierta de madrugada por el Psss psss psss, niña, maldeniña, niña, maldeniña, ¿qué hace ahí? Hija Cristina le habla desde el otro lado de la reja. Isa, entre dormida, no es capaz de hablar todavía, solo mira a la mujer que abre la reja despacio y se mete sin despertar a los perros, ni a Virginia.

—Ja, diga, diga, ¿qué hace en la casa de esta loca Virginia?

—Estoy… estoy… ¿Qué hora es?

—No ha cantao el gallo. Diga qué hace.

—Un paro.

—Diga, diga la verdad. No se ha curao. Ay, por la paloma bendita.

—Hago un paro. Y sí, todavía me duele la barriga.

—Y tiene las uñas manchadas y el pelo achilado y huele a escondido. Puro maldeniña.

—¿A usted también le dio?

—¿A mí? No, qué tal. La Santamaría me libre.

Silencio.

La hora azul de Reinette y Mirabelle.

Silencio total.

Canta un gallo.

—Sí me dio una vez, pero me curé.

—¿Y con qué?

—¿Con qué qué?

—¿Con qué se curó?

Canta de nuevo el gallo. Adormilados, se remueven los perros, y despiertan los pollos.

Hija Cristina dice que tiene que irse, que es hora de contar. Mira la casa de Virginia, dice: Una. Y se va, cierra la puerta sin que haga ruido. Isa escucha los números que salen de su boca y se van haciendo más y más pequeños: Dos, tres, cuatro, hasta que desaparecen.

Isa, que durmió con la cabeza afuera de la carpa, se acuesta otra vez de cara al cielo y cree ver la estrella congelada: un planeta, pero ya no canta, pues, de día, son los animales quienes braman, aúllan y ladran para el sol.

Un sol que tardará un rato más en escalar las montañas y llegar al pueblo; el sol, único visitante fiel. El cielo claro ilumina la casa de Virginia y el galpón donde los pollos piden comida. Virginia abre la puerta: pijama pantalón, abrigo y botas de caucho bien puestas. El pelo: la mitad en una moña, la otra suelto.

—¿Ya se despertó o no durmió?

—Me desperté hace rato.

—Camine y me ayuda a echarles el maíz a los pollos.

Isa se pone los zapatos mientras Virginia, de una caneca grande que tiene en el patio, junto al lavadero, bajo un techito de zinc que protege de la lluvia y el sol, saca maíz y lo echa en dos baldes. Trabaja con más resignación que ganas, a diferencia de Vargas, que a esa hora podría ponerse a bailar en la cantina. Virginia carga un balde y le entrega el otro a Isa, a la que todavía no se le ha despertado la fuerza y tiene que agarrar el balde con las dos manos. Abre Virginia la puerta del galpón desenrollando un alambre que hace de seguro. Adentro, los pollos se arrejuntan alrededor de los bombillos que los mantienen calentitos. Apenas ven a Virginia, apenas huelen el maíz, pían más fuerte, corren a los comederos, y Virginia: Están hambriaos los plumosos estos Pa' eso sí espabilan, pa' comer. Pobres, después se los van a comer a ustedes. Yo no, yo como solo lentejas. Pero los ricos se los van a comer con salsa de tomate y papa sudada. Aprovechen mientras tanto. Isa nomás mira y hace lo mismo que ella: echa el maíz en los comederos, pero en silencio, con cuidado de no ir a pisar un pollito y matar de paso una estrella.

Después de vaciar la comida, Virginia se recoge el pelo en una moña alta y le pasa a Isa una pala. Agarra otra para ella. Le dice que eche en el balde la rila que encuentre, que hay que sacarla antes de que salga el sol y se ponga a oler maluco. Isa recoge, callada. No le dijo Virginia que la hospedaría a cambio de trabajo, pero no importa, así es aquí. Además, ya estaba cansada de mover cuadros y acomodar almohadas y arrancar cebollas y pelar papas en el Hotel. Nomás pensarlo y el duende la chuza por dentro, le grita: ¿Dónde está Papá? Pero ella confía, sabe que volverá por ella y ahí le dirá que no quiere que se vaya más, que mejor la lleve con él, que ella ayuda, que puede cargar lo que sea, que sabe hacer mandados y dar de comer a los pollos. Que sabe también hacer silencio.

Después de atender a los pollos, Virginia entra a la casa —Isa la alcanza después de escaparse un momento para orinar— y se sirve un chocolate caliente. Le da una taza a Isa y le ofrece pan. Comen en la cocina, mirando a la pared. Virginia también es su amiga, solo que es diferente de Dora: no habla tanto y mata animales. Aun así, se siente más cómoda con ella que con José.

Isa le dice que estará en lo del chiquero todo el día. Virginia le trae unas botas de caucho: Póngase esto. Y se las pone, pero el pie no llena toda la bota. No importa. Camina levantando un poco más los pies, como en una marcha, para no enredarse, y así sale por la reja sin que los perros ladren.

*

El pueblo mudo. Con la carretera apagada hasta parece que han llegado pájaros nuevos y otros animales tímidos que les huyen a las llantas. Antes de entrar a la cantina, Isa se asoma por la puerta del Hotel y, desde adentro, la recepcionista le dice: ¡Que no! Un no que ella completa con frases que se repiten a volumen medio en su cabeza durante el día: Papá no ha vuelto, no te quiere, no va a volver, no le importas, no le importas, no le importas, no ha vuelto ni volverá. Pero ella deja las voces ahí, les hace caso un rato, se duele, se acurruca junto a la puerta por el dolor en la barriga, por la presión en los ojos, pero sabe que pasará, que más tarde preguntará de nuevo a la recepcionista por Papá, como si fuera la primera vez del día.

Entra a la cantina, donde otra vez encuentra a don Leo, que más que en paro parece varado. Se ve más triste que ayer. O más enojado. Leo se sirve él mismo un café. Cuando ve a Isa le dice que Vargas está atrás, y que buenos días. La niña entra con su marcha de botas y por primera vez conoce el patio trasero de la cantina, no muy diferente al del Hotel: un pedazo de tierra con un par de guayabos. La mitad del patio, pegada a la montaña, tiene una capa de cemento. Isa encuentra a Vargas, que entre ladrillos y cemento hace los comederos para los marranos, unas canaletas separadas con varillas para que los cerdos no se echen ahí. Isa dice: En qué ayudo, buenos días. Y Vargas: Buenos días, mija, madrugó. Y dice que por ahora puede barrer y echarle un ojo a la cantina, porque el trabajo de hoy es muy pesado. Isa piensa que él cree que es una floja; no confía en ella como Dora, como Virginia. Entonces carga los ladrillos que están cerca de la puerta de entrada al patio y los lleva hasta donde está Vargas. Él entiende el mensaje y se pone a hablar.

—Mi amá también tenía un chiquero, mucho más grande que este, pero se lo hicieron cerrar. Yo lo que no quiero cerrar es la cantina. El chiquero es para los gastos, para distraerme, pero lo que a mí me gusta es la cantina. Ahí siento que le ayudo a la gente.

—¿Ayuda cómo?

—Escucho a la gente que llega con unas historias rebuscadas, otras son ciertas y otras ya me las sé de memoria, y además les fío. Eso también es ayudar, porque imagínese a alguien bien triste y sin con qué tomarse un calientahuesos. Han llegado peregrinos que no han tenido cómo pagarme en el momento, pero años después han vuelto con botellas y mercancía en pago por el favor viejo. La gente no olvida.

Isa piensa que entonces ella también ayuda y también es cantinera, aunque sin calientahuesos, porque se la pasa escuchando a todo el mundo, pero hasta ahora nadie le devuelve nada. Vargas le pide el favor de que acomode de una vez los ladrillos en hilera, para que no sea sino pegarlos y echarles el cemento. Y continúa:

—A mí se me murió mi amá…

—A mí también —dice Isa.

Vargas la mira, monta un ladrillo encima de otro y sigue.

—A mí, así como a usted, se me murió mi amá muy rápido y yo me quedé sin quehacer. Un papá dizque sí tenía, pero quién sabe adónde. No más. Tíos, primos, hermanos no, no sé qué es eso. Hijos y mujer tampoco. Lo mío es el trabajo. Entonces me vine de pueblo en pueblo, trabajé lavando carros, limpié zapatos, mezclé cemento y al final aprendí a herrar caballos. Ahí fue cuando pude juntar plata pa' la cantina. Pero ya venía recolectando música desde antes, guardando cedés que me regalaban los patrones, otros los compraba yo. Llegué aquí mucho antes que su apá, y aquí voy a seguir, ya uno tan viejo no puede moverse y la cantina yo no la dejo. Esa es mi mujer.

Parece que al pegar ladrillos pegara también recuerdos. Isa no entiende el fondo de todo lo que dice, entonces lo resume: está triste. Y Vargas sí está triste, o tiene miedo de que el paro se alargue mucho y las deudas se le lleven la cantina. Por eso el chiquero. Listo el canalete. Ahora hace huecos alrededor del cuadro de cemento, en la tierra, con una pala cavahoyos. Le pide ayuda a Isa con las estacas, que juntos entierran en los huecos. El sol del mediodía los escurre; sudan como sudarán los marranos cuando estén allí. Cuando terminan con los huecos, y las estacas están firmes como banderas, ya son las tres de la tarde. Y no han almorzado. Isa dice que no tiene hambre. Pero Vargas que sí, que el trabajo incluye almuerzo, así que entran a la cantina, Vargas llama a un restaurante y pide dos platos del día. Tres, dice Leo, que sigue en la misma mesa, como si el eje del paro suyo fueran esas cuatro baldosas.

Isa se asoma al Hotel: encuentra la misma respuesta, así que se devuelve fingiendo que nomás salió a ver si llovería pronto, aunque el cielo grite sol. No ha visto ni a Gil ni a Bere, y la acera del Hotel está mugrosa. Cuando Papá regrese y encuentre todo caído, ¿qué harán? Lo mejor es irse a otro lugar, a lo mejor Papá está buscando un nuevo vividero para los dos. A Isa le gusta la idea de conocer otros pueblos, igual que a Vargas. Aunque extrañaría a sus amigos, incluso a Virginia.

Vuelve y se sienta en la mesa del lado, junto a la de don Leo. Le dice a Vargas:

—¿En el paro también se para la música?

—Al contrario, hay que subirle —dice entre dientes don Leo.

Vargas obedece, cómo no, y en los bafles empieza a sonar la Chavela. Isa cuenta que estuvo donde José unos días y que la música que se escucha por allá es vacía, muy blanca. Y Vargas dice que claro, que así es la música de ahora, aguachenta. La niña dice que se aburrió mucho por eso, pero que lo peor era José: Yo no tengo la culpa de no quererla. Fui a que me dijera dónde está Papá. Pero nada. Vargas le pregunta por qué no se pasó por la cantina o fue al colegio, y ella que no, que quería esperarlo y se quedó en la habitación. Y Vargas: ¿Y cómo hizo pa' volarse? Porque fijo la tenía encerrada. Ya sabe lo que dice la gente de ella. Además, el otro día estuvo aquí reunida con un notario que andaba de paso y yo escuché cuando preguntó si se podía poner a una niña a nombre de otra que no fuera la mamá. Vieja loca. Y entonces Isa: No, no, yo me fijé si la puerta tenía seguro. Ella no está del todo loca, nomás está muy sola. Y Vargas: Quién sabe, niña, quién sabe. En la familia, tampoco es que se pueda confiar mucho. Yo, porque no tengo, pero ¡ay, la de historias que me han contado aquí! Mi familia es la gente que viene a la cantina; mejor dicho, ellos son mi mamá y yo la mamá de ellos, porque los escucho y los cuido y me pagan. Y la verdad es que me hacen falta. El paro tiene a todo el mundo desplatado.

Los pueblos que se afantasman también se enfrían, de a poco. Al mediodía canta el sol, pero las tardes son del viento helado. Por eso Caracortada llega tiritando de frío, con una bolsa que pone encima de la vitrina.

—Muy buenas por la tarde. ¿Cómo andan aquí? —Y él mismo se responde—: igual de vacío que en todo lao. Miren la hora que es y no he desocupado el primer termo de café. Don Leo, ¿cómo me le va? ¿Se va a tomar uno?

—Bien dura la venta y este viene a robarme los clientes —dice Vargas entre una risa que termina en tos.

—Frescos, que yo los invito a todos. Niña, ¿quiere café? —dice Caracortada—. Ahí les mandan del restaurante. Deja una bolsa sobre la mesa de Isa.

Isa dice que no, que el café no le gusta. Y Caracortada: Ya somos dos. Mejor el brandi. Vargas abre la bolsa con los almuerzos: tres cajitas llenas de arroz, papa cocida y unos muslos de pollo asado. Vargas se da cuenta de que Caracortada se queda mirándolos, entonces trae un plato y con una cuchara saca un poco de su caja y otro poco de la de Isa, y lo pone en otra mesa. Caracortada se sienta caricontento. Comen en silencio. Así, cada uno sentado a una mesa, hacen que la cantina no parezca tan vacía. El primero en terminar es don Leo, que ahora con más energía, habla como si hubiera acabado de llegar. Al contrario de los pájaros, el cuerpo le llegó antes que el canto.

—Ahhh, rato que no comía a una hora decente. En la carretera uno no tiene horario de almuerzo; eso es donde lo agarre a uno. Uno compra algo rápido y se sigue. La de veces que he manejado con una papa caliente en la boca, ni les cuento. Pero eso no es lo más jodido. Lo que más me hace falta es el sabor de mi casa. Allá todos cocinamos, hasta los niños. Nos armamos qué comilonas en los tiempos buenos, oiga. Sí, eso es lo más duro pa' mí, más que el trasnocho, más que los paros, más que los robos y los insultos de los patrones, más que los sustos que pasa uno en la carretera. La comidita de mi casa, mi familia... Ah, bueno fuera volver rápido.

Vargas, que es bueno escuchando y pensando qué va a responder al tiempo, le dice que, si no fuera por la carretera, a lo mejor y ya se habría cansado de su mujer y de sus hijos, y que por eso la comida le sabe tan buena. Caracortada le dice que no ayude tanto. Isa le pregunta a don Leo si es muy difícil manejar un camión y Leo le pregunta que por qué, y ella: De algo tendré que trabajar cuando sea grande y Papá esté tan viejo que no pueda volver a irse por tantos días. Y que entre hacer ají para vender, ser profesora, cantinera, cuidar pollos o montar chiqueros, le parece mejor manejar el camión, porque adentro puede poner música. Caracortada, con el pecho inflado, dice que le faltó la profesión de vendedora de tintos, y ella dice que esa menos, que ya le dijo: odia el café.

—Bueno, se acabó la charla. Vamos a terminar lo de atrás, que en estico se hace de noche y de pronto viene alguien a tomarse una soda. Además, ya ustedes lo dijeron: la música no está en paro. Si esto sigue así, empiezo a cobrar por canciones.

Y regresan al patio, Isa tras él. Donde termina la cerca, acomodan los bebederos que ya Vargas había instalado con chupos y todo, revisan que el desagüe corra bien, y listo. Solo queda pendiente el techo, que lo va a poner un señor más tarde o mañana temprano, dice Vargas.

—Bueno, yo mañana vengo a conocer a los marranos —dice Isa mirando orgullosa el trabajo del día.

—A conocer a los marranos y a darles comida. Apenas empieza lo bueno. Antes de venir, pásate por algunas casas o por el restaurante y pide que te den lo que tengan de aguamasa. Llévate estos dos baldes de una vez y los traes llenos.

Esta gente se toma la ayuda muy en serio y no suelta ni un billete, piensa Isa. Agarra los baldes y deja la cantina con un hasta mañana. Adentro sigue sonando la Chavela.

*

Nadie le enseña; ella pone cuidado. Los días que siguen cobijan a Isa entre pollos y cerdos, noches frías en la carpa a la que llega tan cansada que solo la despierta Virginia arrastrando la pala camino al galpón. Todas las tardes le pregunta por Papá a la recepcionista, que parece una estatua en la entrada del Hotel. Juraría que lleva la misma ropa desde hace una semana, como Isa, que tampoco recuerda hace cuánto se bañó completa. A Bere no la ha vuelto a ver, tampoco a nadie nuevo por el Hotel, mucho menos por la cantina. A lo mejor todos se fueron al pueblo del lado, donde están parados la mayoría de los camiones. Aquí solo está don Leo. A lo mejor murieron de hambre o de aburrición, de no tener con quién hablar ni a quién venderle dulce de leche.

La noche otra vez fría, pero sin estrellas. Isa se envuelve en las cobijas entre la carpa y hace planes: le contará a la recepcionista de su paro, dónde duerme y qué es lo que pide; quiere que le cuente a Bere, quiere que le cuente a José y que ellas se lo digan a Papá. No sabe si José está enojada o resignada, si Bere sigue en el Hotel o si ha hablado con Papá. Espera, Isa espera desde que abre los ojos, y todo el tiempo tiene la sensación de que abrirá una puerta y verá a Papá al otro lado, que vendrá a buscarla. Cuando les está echando maíz a los pollos, lo hace rápido por si Papá llega. Lo mismo con los cerdos: lava las canaletas en un dos por tres por si hoy regresa por ella, por si Papá toca la puerta. Cae en la cuenta de que ahora es diferente; ya no tocará la puerta, no hay puertas en sus días: una carpa que se cierra con un broche, un galpón sin seguro, un chiquero en el patio trasero de una cantina. No hay puertas ni paredes donde pegar recortes, casas imaginarias en las que vivirán Papá y ella. Entonces, ¿cómo la encontrará Papá sin una puerta? Papá dirá: Es hora de irnos. Ya no hacen falta puertas, ya no hay puertas porque ahora ella ha crecido más, ha visto más, ha trabajado muchísimo más.

Se queda dormida poniendo atención a los grillos que, sin importar dónde estén, siente adentro, en el pecho.

Al día siguiente, Isa deja los galpones listos antes de que Virginia despierte. La niña sabe que ella no ha vendido ni un pollo, se lo contó Vargas, y la ayuda como puede, incluso barre el patio, ordena el baño.

Y después sale con los baldes en busca del aguamasa. Ya se conoce las cocinas de medio pueblo. Sabe que todavía hay gente por ahí, encerrada, comiendo poco y viendo las noticias. Esperan, como ella. Sube a la calle principal: si acaso el runrún de una moto. El viento frío y el sol que no parece asomar hoy. Sin los colores de las frutas, las verduras, los negocios abiertos, carros y camiones pasando, sobre el pueblo parece haber caído un velo gris, un domingo eterno. Los negocios abiertos tienen la reja hasta la mitad. Isa se cuela en la cafetería y en tres casas. El balde aún no se llena. En el restaurante no encuentra nada. Pura gente triste.

Prueba en la calle de abajo, casas con puertas bonitas, las casas de las personas con más modo, que han podido comprar mercado en el pueblo del lado.

Una: Buenas, que si tiene aguamasa para Vargas, sí, montó un chiquero.

Otra: ¿Aquí guardan aguamasa? Es para el señor de la cantina.

Y otra más: ¿Tienen los sobrados del almuerzo?

En todas la dejan entrar, y hasta le ofrecen pan con café. No me gusta el café, pero me llevo el pan, muchas gracias.

Solo un balde lleno. Piensa en los pobres cerdos, que se van a poner tan flacos como Vargas, como Caracortada. Intenta en dos casas más: no le abren. La puerta siguiente, en la que no toca, se abre sola. Hija Cristina sale y le dice:

—Usted qué hace por aquí.

—Recogiendo aguamasa.

—¿Ya se curó?

Isa levanta los hombros.

—¿Nadie más sabe?

—A mí nadie me mira bien mirada.

—Éntrese, le doy un remedio.

Por un momento Isa alcanza a pensar en el desorden que sería la casa de una loca, pero en vez de eso, encuentra una sala con un sofá y, sobre este, una sábana beis. Hija Cristina la señala y dice: Por los pelos del gato. Comedor, sillas y algunas plantas. Austero pero ordenado. La prima no está. Las habitaciones sin puertas, con cortinas cerradas. Y el patio: mitad pasto y sembrados, mitad piedrilla. Hija Cristina carga una silla y la pone en el patio, en la zona de piedrilla. Le dice a Isa que se siente y cierre los ojos, que le va a hacer una limpia. Isa piensa que está bien, que hace días no se baña y Papá está por llegar: no querrá a una niña sucia. Isa se va a quitar los zapatos, pero Hija Cristina le dice que no, que con zapatos. Y la niña se los deja. Y la loca: «Quédese quieta y cierre los ojos mientras pido permiso para arrancar unas plantas del patio». Isa abre un ojo y la ve hacer un manojito mientras dice: «Me gustaría encontrar a la paloma dueña de esta pluma y preguntarle cómo lo hizo. Me gustaría mirarla a los ojos, pero no se puede mirar a una paloma de frente. Me gustaría saber dónde está, comparar esta pluma con el resto, quizás cambiarla por otra, darle un mechón de mi pelo, cantarle cucurrucucú paloma...». Pone el manojo que colecta en la frente de Isa y comienza a sacudirlo alrededor, se lo pasa por la cabeza, por la espalda, por los brazos, la barriga, los pies y las orejas, mientras continúa murmurando: «Me gustaría que todas las palomas se quedaran quietas. La que esté tiritando de frío es la dueña de la pluma. Si no la encuentro, no me abrirán la puerta, otra vez tendré que dormir en la calle. Me gustaría encontrar a la dueña de esta pluma, colgársela del cuello con una cadenita y pedirle que me enseñe a ser paloma, no llores». Y después de rezar, pone el manojito en las piernas de Isa, se arrodilla frente a ella y canta:

Dicen que no comía
Nomás se le iba en puro llorar
Dicen que no dormía
Nomás se le iba en puro tomar
Juran que el mismo cielo
Se estremecía al oír su llanto
Cómo sufrió por ella
Que hasta en su muerte
La fue llamando

Ayayayayay, lloraba
Ayayayayay, reía
Ayayayayay, cantaba
De pasión mortal moría

Que una paloma triste
Muy de mañana le iba a cantar

A la casita sola
Con sus puertitas de par en par
Cuentan que esa paloma
No es otra cosa más que su alma
Que todavía la espera
A que regrese la desdichada

Cucurrucucú paloma
Cucurrucucú no llores
Las piedras jamás, paloma
Qué van a saber de amores
Cucurrucú cucurrucucú
Cucucurrucú, paloma, ya no le llores.

¡Ya!, dice la loca. Isa abre los ojos. Le duelen por el resplandor. Le dice a Hija Cristina que gracias, pero que ella no tiene una paloma por dentro, sino un duende. Y la loca:

—El —deletrea— d-u-e-n-d-e, si lo nombras, no te deja, se enquista más. Tienes que ponerle otro nombre, echarlo de mil formas. Así se sentirá herido, ignorado, y abandonará tu cuero para meterse en otro. Tienes que atacarlo, pero con otras palabras. Si no se te quita, vuelve mañana.

—Pues me duele igual.

—Toca esperar. La paloma es terca.

Isa se levanta un poco mareada, tira el manojito de hierbas en uno de los baldes y alza los dos. Le dice que gracias, que va a ver si Dora tiene algo que le pueda servir para los cerdos, pero Hija Cristina le dice que no pierda la ida, que Dora se fue.

—¿Cómo que se fue?

—Ya no vive aquí, voló, se fue.

—¿Sin despedirse?

—¿Despedirse de quién? Yo la vi salir con una maleta de ruedas camino al pueblo de al lado. Una maleta grande.

—¿Caminando sola?

—Sí, sola.

Isa quiso preguntar por qué se había ido, era su amiga, por qué no se había despedido o al menos dejado una nota. Así se van los adultos. Sale de la casa de Hija Cristina; el dolor de barriga más fuerte y las manos temblorosas por cargar los baldes.

Ha recogido tan poco hoy que va a pedir aguamasa al Hotel. Lo encuentra casi vacío: ya no hay sofá ni mesas de comedor ni televisor ni escritorio de recepción. Hasta las baratijas de la entrada, las que ella tanto movía, desaparecieron con los cuadros. Nomás quedaron las plantas. La recepcionista, sentada en una silla y con los papeles y cuadernos en una mesa de plástico, le dice que la estaba buscando, que Papá estuvo allí, pero que volvió a salir con las manos vacías. Que no preguntó por ella ni por lo que faltaba en el Hotel. Ella quiso explicarle: quebraron por la falta de clientes y tuvieron que empeñar todo para pagar las facturas, de las que aún deben casi la mitad. Pero Papá se fue y la dejó hablando sola. Así que, ahora que la niña apareció, ella agarra su bolso, dice que se llevará como pago el teléfono fijo, que es lo único que queda, porque el resto se lo rifaron Gil y Bere. No le importa echarlos al agua; dice que se va del pueblo y que no piensa regresar. Que lo mejor es que Isa vuelva y se haga cargo, si es que no quiere encontrarlo lleno de borrachos cuando se acabe el paro. La recepcionista habla rápido. Isa se desconecta del resto de cosas que le dice; solo quiere saber dónde encontrar a Papá. Así que se marcha. Antes agarra las llaves, que la mujer tenía encima de la mesa.

Vargas ya tiene ocho cerdos y una marrana de cría con parches negros como de vaca. Se los trajeron de un chiquero más grande que hay cerca. Bueno, no tan cerca caminando. Isa descarga los dos baldes con aguamasa. Vargas dice que muy bien, que hoy cocinó bananos y plátanos que le trajo un señor del pueblo del lado —a escondidas— para revolverle al aguamasa y que rinda más. Entre los dos les echan la comida a los cerdos, que últimamente comen mejor que ellos. A Isa lo que le sobraba ya no le sobra: los pantalones le quedan flojos y cree que empieza a parecerse a Caracortada, que entra con una bolsa de pan dulce y les ofrece. Les dice que quedó muy bien montao el chiquero, que ojalá los de arriba se pellizquen y den respuestas, que cumplan los desgraciados, porque si no esos marranos se van a pasmar. Habla y habla, les cuenta también que se murió Vicenzo, y entonces Isa: ¿Quién es ese? Y Vargas: El viejo borracho más borracho y más querido de esta cantina, uno canosito él, medio rengo. Y entonces Isa, que se había alcanzado a ilusionar con que fuera el borracho de manos perseguidoras, se da cuenta de que no, ese no es cano ni rengo. Pero ¿qué le pasó?, pregunta Vargas.

—Todavía no se sabe bien. Parece que se chocó en una moto yendo al pueblo del lado. Iba borracho, claro —cuenta Caracortada.

Vargas se sienta en una de las canaletas, se agarra la cabeza, pero ahí mismo habla:

—Pero si a ese viejo le prohibieron manejar porque no veía bien de lejos. ¿Quién le soltó una moto?

—Parece que la agarró a escondidas —dice Caracortada—. Lo que no entiendo es de dónde sacó guaro si no hay ni una botella en todo el pueblo. El vicioso se hace sus mañas. Él siempre se emborrachaba y duraba en esas por ahí ocho días; eso era tome que tome, y comida, muy poquita. Cuando pasaba por la casa de él y lo veía con esos ojos llenos de arañas rojas, yo le pedía algo del restaurante, le compraba suero, pero qué va, me lo dejaba toditico servido. Y lo que pasa es que el Vicenzo decía que, cuando paraba de beber, empezaba a oír voces. Qué tal el hijueputa, dizque voces. Y había que llevarlo al hospital del lado a que le pusieran droga pa' locos pa' que durmiera alguna cosa, porque si no, él decía que no era capaz, que el diablo le hablaba al oído, le decía que se matara él y que matara a todos los que estaban al lado. Imagínense que una vez, cuando yo tenía moto, lo llevé al hospital y allá me dijo: Cómo le parece que cuando veníamos para acá el diablo me decía que por qué no le torcía la cabrilla pa' que nos matáramos usté y yo. Y yo le dije: Sabe qué, su mamá lo volverá a traer por aquí porque yo no vuelvo. Tras de borracho, loco. Y él: Yo ya ni tengo mamá.

—¿Y cómo sabía que era el diablo? —pregunta Isa.

—Ah, porque aquí todo lo que amenace con mucha seguridad, pero sin pistola en mano, es el diablo —responde Caracortada.

Y Vargas, que les da golpecitos a los marranos en el rabo para calentarlos un poco, sigue con el lamento:

—Hombre, pobre Vicenzo. Oiga, y se fue debiéndome varias botellas el viejo. Pero yo sí creo que a todos nos toca al menos una visita del coludo. Vea, mi abuela me contó que a un hermano de ella se le apareció el diablo en la montaña, por allá, cogiendo café solo, se le apareció encaramado en un árbol. Y él contó que echaba fuego por las uñas. Que él, ahí mismo que lo vio, dijo: Jesús, María y José, se echó la bendición y cayó desmayado. Dice mi abuela que si no fuera por la bendición, que se lo lleva y lo cocina.

—Pues yo nunca lo he visto —dice Isa—. Y tampoco le tengo miedo. El que no me gusta es el d-u-e-n-d-e.

—¿El qué? —dicen los dos al tiempo.

—El d-u-e-n-d-e. La paloma.

—Ah, deja de creerle esos cuentos a la loca de Hija Cristina. Eso que te dijo el otro día: qué va, seguramente tienes lombrices. Cuando abran la farmacia, te compras un purgante y se acabó la paloma —dice Vargas—. Más bien dejemos que los cerdos descansen. Ya que no hay nadie, voy a aprovechar para lavar la reja de la cantina.

*

Un día de los que se doblan encima de otros, un día en el que se rumora que habrá noticias del paro, un acuerdo o algo así, Isa sale de una de las cocinas con un balde de aguamasa y ve a Papá caminar hacia la carretera. La niña deja el balde en una esquina, junto a un muro, y lo sigue de lejos, cuidando que él no la vea. Le parece que está flaco, chupado, pero su paso es decidido y hasta contento. Toma el mismo camino que Isa cuando fue por los ajíes. Ella lo sigue, más cerca del pastizal que de la carretera, por donde, si acaso, pasa alguna moto cargada con costales. El sol sobre las once, los nervios, Papá, todo junto le alborota al d-u-e-n-d-e, la paloma por dentro, le hace doler la barriga, le pesa el aire. El perro dueño de la carretera aparece más adelante, al otro lado, pero esta vez no sigue a nadie. Y justo frente al perro, Papá se mete al pastizal. Isa lo sigue de lejos. Los yuyos tan crecidos que la cubren casi toda, una maleza que pica. Ella puede verlo, pero él a ella no. ¿Acaso Papá también decidió hacer un paro y dormir en medio de la nada? ¿Por eso está tan flaco? Pero tiene ropa limpia, ropa que Isa no le conocía. Camina, camina y camina. Muerta de sed, quiere parar, le duelen los pies y le pican los cadillos en el cuerpo, las ramas secas. Pero Papá camina como si por dentro lo moviera una música nueva.

Suda Isa y respira cada vez más cortado, hasta que llegan al final del pastizal, donde ella se detiene. Papá sigue; la niña se asoma entre las ramas. Al otro lado: una casa pequeña, blanca, de un piso y techo de tejas, como las de los dibujos. A los lados hay materiales de construcción y la casa está a medio pintar. Como en los dibujos. Papá vio los dibujos del baño y construyó una casa para los dos. Una casa de verdad, con puerta. Una sorpresa. Isa se agarra la cabeza y tiembla. Quiere ir, abrazar a Papá, pedirle perdón por haber hecho un paro, por no entenderlo, pero no puede adelantarse. A lo mejor se enoja. Tiene que esperar a que él se lo diga. Y mientras, pensar cómo explicarle lo del paro. O puede inventarse que todo es culpa de Bere y de Gil.

Cuando Papá entra a la casa, ella camina en cuclillas y se asoma por una ventana. Se ve reflejada en ella, como si estuviera dentro y fuera a la vez; dos Isa, una con Papá, la del futuro, y ella, la que todavía espera. A través de una cortina logra ver una salita, la cocina y un cuarto: el de Papá e Isa. Pasa las manos por los materiales y herramientas con las que él ha estado trabajando en la casa y entiende sus desapariciones, entiende todo. Papá se sienta en un sofá con un vaso de agua. Isa regresa a los pastizales, ahora camina rápido y no parece cansarse, sonríe. Por un momento el dolor de la barriga desaparece y hasta siente que, si se lanzara de una montaña, podría volar.

La emoción la marea. Se pierde en el pastizal y no logra salir sino un par de horas después, cuando empieza a oscurecer.

No regresa a casa de Virginia. Irá después a agradecerle. Va directo al Hotel, que está cerrado. Adentro no queda nadie, ni nada. Pero ahora entiende por qué está vacío: ni Bere ni Gil se robaron nada; Papá vendió todo porque es un trasteo y construyó una casa para los dos. Isa da por terminado su paro. Esperará a que Papá regrese por ella. No saldrá de allí para que él sepa dónde encontrarla. En la habitación no están la cama ni el tocador, pero sí el colchón, porque Papá seguro compró una cama nueva, más grande para los dos. Se acuesta y da vueltas allí. Espera.

Nadie regresa al Hotel. Incluso cuando el paro termina y el ruido de los camiones vuelve a mezclarse con el ulular de los búhos, Isa sigue sola en la habitación. Sola como un secreto.

«Para viajar lejos no hay mejor nave que un libro.»
EMILY DICKINSON

Gracias por tu lectura de este libro.

En **Penguinlibros.club** encontrarás las mejores
recomendaciones de lectura.

Únete a nuestra comunidad y viaja con nosotros.

Penguinlibros.club

Penguin
Random House
Grupo Editorial

 Penguinlibros